ÍRISZ: AS ORQUÍDEAS

NOEMI JAFFE

Írisz: as orquídeas

Romance

1ª reimpressão

Copyright © 2015 by Noemi Jaffe

Grafia atualizada segundo o Acordo Ortográfico da Língua Portuguesa de 1990, que entrou em vigor no Brasil em 2009.

As traduções do húngaro foram feitas por Paulo Schiller.
As traduções do italiano, por Maurício Santana Dias.

Capa e ilustrações do miolo
Tereza Bettinardi

Preparação
Márcia Copola

Revisão
Angela das Neves
Huendel Viana

Os personagens e as situações desta obra são reais apenas no universo da ficção; não se referem a pessoas e fatos concretos, e não emitem opinião sobre eles.

Dados Internacionais de Catalogação na Publicação (CIP)
(Câmara Brasileira do Livro, SP, Brasil)

Jaffe, Noemi
    Írisz : as orquídeas : Romance / Noemi Jaffe. — 1ª ed. —
São Paulo : Companhia das Letras, 2015.

ISBN 978-85-359-2589-0

1. Romance brasileiro I. Título.

15-02804   CDD-869.93

Índice para catálogo sistemático:
1. Romances : Literatura brasileira 869.93

[2022]
Todos os direitos desta edição reservados à
EDITORA SCHWARCZ S.A.
Rua Bandeira Paulista, 702, cj. 32
04532-002 — São Paulo — SP
Telefone: (11) 3707-3500
www.companhiadasletras.com.br
www.blogdacompanhia.com.br
facebook.com/companhiadasletras
instagram.com/companhiadasletras
twitter.com/cialetras

*A minha mãe, meu pai e todos os que
foram e são obrigados a fugir.*

Sentiam-se em casa, em sua ausência de casa.

Joseph Roth

1

Eu precisaria estar tonto ou ser mais parecido com ela para ficar escrevendo sobre o que não sei. Precisaria começar a chorar e não sei mais. A palavra que explica a falta que ela me faz está presa no dicionário e não sei tirá-la de lá, porque preciso de Írisz para me ensinar. Releio o que escrevo e já não sei mais se faz sentido. Talvez seja bonito, talvez eu tenha aprendido com ela a transformar em metáfora tudo o que vejo. Se for bonito, a beleza não é minha — é dela. Achei que indo muito longe, falando de um jeito tão diferente do meu, eu ficaria mais próximo de uma forma de pensar e de falar que vem da morte, mas que por isso mesmo está mais perto da vida. Ela não quer mais saber da dor, porque a conhece pelo nome, já conversou com ela. Minha perda é teórica, e deve ser por isso que minha fala é mais sombria. Eu fico aqui, com minha dor intelectual, tentando imitá-la e só o que consigo escrever são palavras mornas.

Agora que ela desapareceu, quis contar a história, que não entendo direito, desde o começo, porque achei que assim entenderia alguma coisa. Ou para ficar um pouco mais perto do jeito como ela veio parar na minha vida que, até sua chegada, era ordenada e calma. Mas então ela chegou trazendo a Hungria, a revolução derrotada, as palavras e um jeito tão desorganizado de fazer e pensar as coisas, que acabou me desequilibrando também. Agora estou sentindo tudo voltar ao normal e preciso daquelas palavras bagunçadas, dos trocadilhos errados, dos ditados em húngaro e em português, do sotaque forçado, das canções inventadas e das perguntas sem sentido para reaver uma desordem de que aprendi a gostar.

Ela veio para cá estudar as orquídeas, assunto que eu conheço mas que ela ignorava completamente. É como se o acaso, o azar e as circunstâncias tivessem preparado uma armadilha: uma pesquisa com flores, cuja descrição, em todos os relatórios que ela escrevia, era *flor epífita*. Desde a primeira vez, em lugar de fazer anotações estritamente científicas, ela começou a se dirigir a mim, a sua mãe, a Imre e a todo mundo e a fazer comparações entre ela e as orquídeas.

Ela e a orquídea são mesmo parecidas. Brotam no ar, no alto de outros seres fincados na terra — esse sim o lugar certo para crescer. Alimentam-se dos restos de outros seres espalhados por aí e, por isso, passam por parasitas.

Assim que ela soube que, em português, a característica principal da *epífita* é "raiz aérea", reconheceu seu nome — Írisz — codificado entre as letras e decidiu que tudo tinha sido um truque do destino, coisa em que não acreditava mas que tinha certeza de que por isso mesmo a perseguia. Ela viajou metade do mundo, cruzou línguas geograficamente mais próximas, embora também distantes já que nenhuma se parece com o húngaro, para vir parar aqui, estudar as orquídeas e aprender a falar o português, outra língua-ilha, também próxima e afastada de todas.

Dizia que podia até ver as três irmãs fiandeiras — Cloto, Láquesis e Átropos — tramando sadicamente a emboscada feita exclusivamente para ela. Conseguia ouvir os diálogos:

— Está vendo aquela criatura ali, chamada Írisz, naquele país esquisito, onde acabamos de fazer o povo perder a revolução? Vamos mandá-la estudar orquídeas na Austrália? Não seria divertido?

— Isso mesmo.

— Mas não na Austrália, no Brasil.

Foi essa raiz aérea que a tirou de lá, de dentro de uma revolução fracassada, do laboratório onde ela estudava papoulas, e a trouxe até aqui; que fez com que ela encontrasse uma razão aparentemente justa para deixar sua mãe no sanatório, doente; abandonasse Imre, com o pretexto convincente de não saber se ele continuaria vivo no dia seguinte. Mas, por outro lado, também foi essa raiz aérea que a manteve aqui. No Brasil, além de estudar as orquídeas, ela achou que iria fazer brotar dos seus pés algum ramo que a manteria fixa em algum lugar. Dizia que seu desejo — mas não posso falar em desejo, porque tudo o que ela dizia desejar ela não fazia e tudo o que ela fazia contrariava o que dizia desejar — era uma raiz para baixo e para dentro e não para os lados, para fora e para cima.

As palavras que ela precisava usar para descrever as orquídeas, em todos os relatórios, eram: *rizoma reptante curto, longo ou simpódico*. Ficava revoltada, porque dizia que *rizoma*, *reptante* e *simpódico* querem dizer exatamente a mesma coisa: "tudo o que se espalha, se arrastando para os lados". E tinha certeza de que essas palavras estavam ali para definir a ela e não às flores.

O rizoma cresce horizontalmente, arrastando-se na terra e no ar, se enraizando no nada, ao contrário das mulheres enraizadas na terra que, em Szeged, cantam as palavras que fazem brotar a flor da papoula. O ovo frito na frigideira de ferro, com banha de porco, gema mole e clara dura, espalhado no pão, também tem raízes na terra. Sua mãe socando a pimenta enraizou-se no solo duzentos anos atrás. Os gritos de "Viva Nagy" e "Queremos liberdade!" na rua Váci, em 1956, mesmo se espalhando no vácuo enquanto avançavam, sem forma nem limite, estavam firmados na terra, furando o cimento e atingindo os mortos enterrados ali desde a época de Estêvão i.

O rizoma não. Ele não se firma nem afunda, cresce para os lados e ninguém sabe onde ou quando vão brotar outras flores e raízes. Rizomas como ela, a língua húngara e as orquídeas — que ela veio estudar para se alegrar e se punir — precisam que lhes cortem as raízes para brotarem de novo. Soltos na natureza, eles crescem desorganizados, misturando-se a tudo o que passa, que é sua forma excêntrica de brotar. E, mesmo sem raízes, de um desses rizomas nasce a flor mais bonita da Terra. Como o rizoma da orquídea, também as raízes de Írisz não se firmavam nem cresciam para baixo.

Ela me contava sobre sua infância, a adolescência, a vida na escola, com a mãe, com Imre, às vezes de forma explícita e escandalosa e outras em silêncio. Contou que seu apelido, quando ela era menina, era Não Mexe, porque, exatamente como fazia aqui no Jardim Botânico, mexia em tudo o que via. Era assim que os tios e os primos a chamavam, já que sua mãe não se permitiria um apelido carinhoso. Ela saía correndo para todos os lados e quase destruía as coisas, de tanta curiosidade. Queria ver o outro lado de tudo, o lado de trás e as emendas, sempre reconhecer alguma singularidade, algo que escapasse do normal, como se buscasse o lado humano dos objetos. Na casa da tia Ada, muito mais rica, ela se admirou com a quantidade de almofadas. Criou uma montanha com elas, subiu no alto do beliche, trepou no topo e caiu. Tinha certeza de que suas duas hérnias lombares eram herança dessa queda. De vez em quando tinha crises, mas lidava com as dores de jeitos muito diferentes: ou estoicamente e em silêncio, ou histérica e outras vezes comedida e realista, tomando remédios ou fazendo exercícios. Não era possível prever suas reações, que, justamente porque pareciam ir para um lado, iam exatamente para o outro. Como se ela estivesse apostando comigo o fato de que eu nunca conseguiria adivinhar seus pensamentos.

Quando era criança, sumia, fugia, liderava movimentos, mas, se a aceitavam como líder, se escondia, queria ser inferior. Implorava pela amizade das meninas, mas, quando elas consentiam, voltava atrás. Ia aos acampamentos da escola e voltava acompanhada da polícia, porque tinha fugido. Se tirava boas notas, fazia de tudo para ser reprovada, porque dizia que boas notas são só uma prova de obediência e passividade. Mas, se tirava notas ruins, provocava os professores e dizia que faria com que eles se rendessem a ela. Desafiava a polícia, os parentes, os namorados, os professores e pedia perdão com a mesma facilidade com que buscava brigas. Engordava e emagrecia de acordo com o humor, oscilante e aparentemente sem causa. Entristecia por nada; não gostava que sua tristeza tivesse explicação. Queria uma tristeza espontânea, ou mais elegante ou mais esquisita, contanto que não fosse dramática. E com a alegria era a mesma coisa, próxima da euforia, mas também gratuita e generosa, esperando adesão urgente, precisando compartilhar com todos suas descobertas, seu prazer, querendo que todos sentissem junto com ela a intensidade das coisas. Punha-se em condições de risco, à frente dos colegas, que se escondiam, com medo de serem pegos colando em provas ou sabotando os professores.

As plantas reptantes rastejam, emitindo brotos perto do solo ou do hospedeiro, formando um tapete de raízes. Talvez para ela eu tenha sido só mais um hospedeiro, mas não importa, porque as orquídeas, embora sejam conhecidas assim, não são parasitas — os parasitas prejudicam os hospedeiros e as orquídeas usam apenas sobras. Chamam de parasitas as pessoas que gostam de restos, como os mendigos, os aposentados e os diletantes. Aprendi com Írisz que todos eles mais ajudam do que atrapalham. Só que não produzem e nos lembram que fabricamos mais restos do que o necessário.

Írisz também rasteja, porque passa distraidamente pelo tempo do relógio. Seu tempo pertence a outra ordem, nem do trabalho nem da rotina. Ela vem e volta do Jardim em horas improváveis. Chega mais cedo e sai mais tarde. Fica, quando todos vão. Some para outros lados e estuda outras flores, tentando aprender com elas a cuidar melhor das orquídeas, porque diz que não há nada melhor para aprender uma coisa do que estudar as outras. Aprende português como pesquisa as orquídeas e aparece falando palavras inesperadas para quem está apenas em fase de aprendizado, como, por exemplo, *nenhures*. Depois quer usar essas palavras para pegar um táxi ou pedir um lanche. Não quer aprender a contar até dez; quer saber o ordinal de 1451. Das orquídeas, que mal existem na Hungria, quer conhecer os nomes, adivinhar a idade, fazê-las durar mais. Nada que possa ser útil em Budapeste. E, mesmo assim, faz as orquídeas brotarem com cores mais vibrantes, como se respondessem às suas perguntas. Ela pergunta, por exemplo: "Se a palavra *orquídea* vem do latim, *Orchideae*, e significa 'testículo', por que, em português, ela é feminina? Como elas rastejam no ar? Você já viu uma orquídea se masturbando?".

Fala da mãe — que chama de *anya* —, da Hungria, da revolução, dos soviéticos e de Imre por senhas, entre as frases, como quem não quer falar. Não sei se o que ela sente é culpa, medo ou raiva. Provavelmente os três e outras coisas como amor e saudade, palavras que ela não fala, porque acha feias, piegas e que não querem dizer nada. Diz isso sobre praticamente todas as palavras abstratas e prefere usar comparações concretas para tudo. Em vez de *amor*, fala que as pessoas deveriam dizer, por exemplo: "Quer um leite?" e, em vez de *saudade*, "aquelacoisaquequandoagenteficatristeenãosabeoqueééporisso".

No meio dos relatórios, aparecem frases assim: "Dona Eszter teria uma dessas na cozinha"; "Dona Eszter cozinhando o *csúsztatott palacsinta*"; "Essa semente lembra a papoula"; "Imre iria adorar essa aqui"; "Imre, se você morreu, daria para você me avisar, agora que deve estar livre? Ou você não me avisa justamente porque está morto?". Junta anotações científicas e obrigatórias a propostas de misturas para o cultivo de flores mais bonitas e duradouras, sem prejudicar as espécies naturais. Pensa em possibilidades de comercialização das orquídeas pelos mercados, nas pessoas cuidando das flores em casa, plantando orquídeas nas árvores da cidade. Prefere as orquídeas mais raras, como a *Dendrobium kingianum*, a orquídea negra, as sapatinhos-de-dama. A *Beallara Tahoma* tem uma pinta roxa isolada na frente que coincide simetricamente com outra idêntica, também isolada, na parte de trás, como um espelho. Como se a flor representasse a condição de Írisz no mundo.

A última coisa que fizemos juntos — antes de ela deixar pela metade o estudo de três orquídeas, de comprar uma batedeira nova, que queria fazia tanto tempo e que eu ajudei a pagar, de ter escrito onze versos de um poema que mistura o húngaro e o português, de não ter escrito nenhuma carta, de ter deixado as roupas penduradas no guarda-roupa e dois livros sobre o criado-mudo (*Histórias de xadrez* e *Receitas culinárias Royal*) — foi a tradução de uma expressão do húngaro para o português: "*Ez nem az en asztalom*". Disse que, no conjunto, o significado é: "Não é do meu gosto". Mas que, separadamente, as palavras dizem: "esta", "não", "a", "minha", "mesa". Por que "esta não a minha mesa" se traduziria por "Não é do meu gosto", em português? Fizemos várias tentativas: "Esta mesa não é minha"; "Minha não é esta mesa"; "Esta minha não é mesa". Ela brincava: quando eu pedia um relatório urgente, dizia: "Minha esta não é mesa". Se eu peço café, responde, em português: "Esta não a minha mesa".

Mas então ela desapareceu e eu fiquei com esse ditado na mão, na gaveta, no orquidário, na garrafa térmica, nos olhos e na ausência que ela marcou com o dedo sujo de chocolate no último relatório.

2

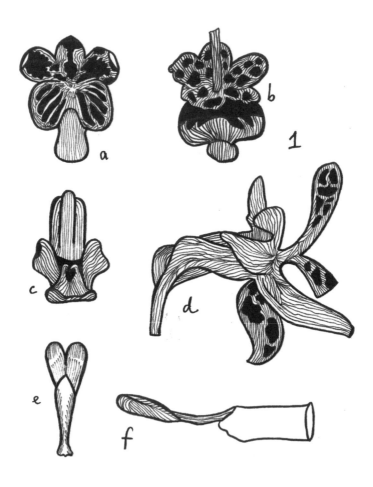

Estrutura vegetal e floral semelhante à da *Oncidium*; planta epífita; pseudobulbos conspícuos (fui olhar no dicionário, para descobrir o significado dessa palavra estranha: *conspícuo*. "Claro e visível" e também "sério e circunspecto". Dois significados quase contrários para a mesma palavra; as pessoas sérias e circunspectas não são claras e visíveis. Mas é o termo que leio em todos os relatórios. *Conspícuo* soa mais como *circunspecto*. Martim, não quero mais usar esse termo para descrever as orquídeas. Você acha que tem cabimento dizer que uma orquídea é *conspícua*? Se você quiser, posso usá-lo para falar de outras flores, das feias ou das carnívoras. Conheci algumas pessoas conspícuas em Budapeste e também aqui mesmo, no Jardim. Sabe como se diz *conspícuo* em húngaro? *Feltunö*), protegidos por bainhas aderidas, inflorescência paniculada, multirramosa; flores muito numerosas, bem pequenas; sépalas laterais livres.

Se Imre ainda estiver vivo, não está livre, mesmo dizendo que estaria livre em qualquer situação, solto ou preso. Li uma entrevista de Graciliano Ramos em que o escritor diz que, para ele, também era indiferente estar solto ou preso. Que ideia absurda e arrogante essa de acreditar que a liberdade está na alma e não nos lugares onde você pode estar, aonde você pode ir. Os heróis têm essa mania; acham que vale estar preso em nome do bem de todos. Que diferença faz para o povo — uma massa anônima que, se você pensar bem, se deixa manipular por qualquer voz mais potente — se Imre se sacrifica por ele ou não? Por que essa mania dos heróis de criarem raízes? Se Imre dormir no chão frio, ficar sem comer, se deixar torturar pela polícia de Kádár, isso vai ser para o bem do povo?

Tenho certeza de que a menina que morava em frente de casa e que pedia esmolas na esquina da Tuzöltö com a Telepy, se não tiver sido morta ou estuprada, ainda está lá, no mesmo lugar, pedindo comida; a loja de ferramentas de Vasko já foi invadida e saqueada e o próprio Vasko deve ter sido morto com uma de suas chaves, ou, se tiver conseguido fugir, está sozinho e com fome, caminhando numa estrada poeirenta que deve dar em Szeged, onde mora sua mãe, que também já não deve mais estar lá e ninguém no caminho está disposto a acolhê-lo; e tudo isso mesmo com Imre preso.

Imre, onde você estiver, preso-livre ou livre-preso, na rua, na prisão, no quarto de outra mulher, numa casa abandonada no meio de alguma estrada, na Áustria, para onde você não fugiria, porque não suporta nem pronunciar a palavra *fuga* (que não precisa ser ruim, porque fugir é o lugar do homem e até ficar tantas vezes é fugir), porque para você as palavras sempre querem dizer só uma coisa e você não percebe que elas querem dizer muitas — me ouça, do jeito que você conseguir: com as mãos, com os olhos, com os dedos. A palavra que eu te disse quando não conseguia decidir se vinha ou não para cá foi *szia*, aquela mesma que eu sempre falava e você fingia que ficava conspícuo mas eu percebia que você estava rindo disfarçado, do mesmo jeito que você ria quando eu te beijava nos dedos, no nariz, nos lóbulos, nos fios dos cabelos, no osso ilíaco e você ficava envergonhado mas também feliz. Essa palavra significa tanto "oi" como "tchau". Eu disse *szia* porque, de uma forma que nem eu sabia muito bem qual era, queria que você me ajudasse a decidir. Mas você não entendeu daquela vez e nem entende agora; você decidiu por mim que aquilo era "tchau" e praticamente me expulsou; resolveu no meu lugar. Me ouça, onde quer que você esteja, possivelmente até embaixo da terra, sem lápide nenhuma em cima, onde você brincava que, se um dia escrevessem alguma coisa, seria: "Desta vez eu não me atrasei", porque você se atrasava para tudo e eu nunca: foi por isso que eu disse *szia*. Não podia me atrasar ao decidir se ficava ou ia embora, depois que eles chegaram e eu vi que você iria ficar até ser preso-livre, coisa que eu não admitia, não suportava e até agora não admito. Então escute, acho que de alguma forma você pode me escutar, se puser os ouvidos no ar: estou aqui, estudando orquídeas brasileiras, no Jardim Botânico de São Paulo, às 14h56 do dia 3 de fevereiro de 1960; estou fazendo um relatório sobre a *Hardingia*, uma orquídea nova que acabou de ser descoberta no interior de um estado chamado Paraná, e fiz o desenho no alto deste relatório, para que você veja essa orquídea epífita. Você não sabe o que é *epífito*? Azar. Em húngaro é *álélősködő* e você também não vai entender.

O labelo dessa orquídea tem três lóbulos. Quando o pseudobulbo resseca, forma-se sempre uma quilha longitudinal no centro da flor. Você não vai conseguir enxergar essa quilha no meu desenho. Aqui no Brasil as orquídeas não secam e essas fissuras não aparecem. Aqui tudo floresce, o ano inteiro. Não é como aí, onde, no inverno, e até mesmo fora dele, não só as orquídeas, mas até plantas mais resistentes ao frio também sofrem.

Martim diz que vejo subjetividade nas orquídeas, que comparo tudo com tudo e que presto atenção demais nas palavras. Você também me dizia coisas parecidas, que eu implicava com as palavras que vocês usavam, que queria comparar doces com política, flores com relacionamentos, mamãe e a guerrilha. Vocês não têm como me entender. Eu não acho que as orquídeas e as coisas têm sentimentos ou capacidade de compreensão. Também não enxergo relações misteriosas entre o mundo grande e o mundo pequeno ou acho que tudo está ligado a tudo. Vocês não entendem nada e não sei se adianta eu tentar explicar alguma coisa.

Mas as palavras carregam coisas que ficam além do que elas dizem, num lugar onde está o que elas *querem dizer*. Eu sinto como se elas guardassem uma origem perdida. Então quero, desse jeito teimoso que você, Martim e todos recriminam, criar um vínculo entre aquilo que a palavra foi um dia e o significado de agora. Parece que, desse jeito, as palavras e as coisas voltam a ter algum sentido maior. Com as orquídeas, não consigo resistir. Quando falo *epífita* ou *quilha ressecada*, vejo a orquídea como uma concentração das coisas em estado de — como posso te dizer — tome cuidado ao ouvir esta palavra, porque ela, aqui, quer dizer outra coisa: em estado de "verdade" e também em estado de, preciso falar devagar: "beleza". Estado de "verdade e beleza"; não saia correndo, não tampe os olhos, não ria, porque senão não vou conseguir continuar, vou rir junto e vamos os dois rir até cair no chão, como quando ouvíamos ou líamos algum companheiro dizer essas ou quaisquer outras palavras tão bobas e nulas, como *liberdade, justiça* e *igualdade*. Mas agora eu vou dizer, e você aí, ouça e suporte: "estado de verdade e beleza". Essa condição íntegra das orquídeas, que fica além das palavras, como nenhuma verdade ou beleza humana conseguem ficar, me faz pensar em outras palavras e frases vazias que nós dissemos um para o outro, como: "Não concordo"; "Você não me compreende"; "Nós realmente não vivemos no mesmo mundo". Essas palavras não dizem nada e só substituem aquilo que realmente gostariam de dizer, que é: "Por favor, fique imediatamente já comigo para sempre e não se meta a fazer o que você acha que tem que ser feito, porque nunca há nada a ser feito e o que quer que você faça, na situação que se armou, é inútil e só vai servir à sua vaidade ou ao seu orgulho"; "Venha comigo, Imre".

Quando me olho no espelho à noite, sem você me olhando por trás, sem que eu me envergonhe de você me olhando e me retraia porque só gosto que você me veja de frente ou então deitada, vejo pedaços dessa quilha ressecada, a mesma dessa orquídea, num corte longitudinal ao longo do meu corpo, de cima para baixo. Ela começa na base do pescoço, se aprofunda e corre pelo abdômen. Ainda vejo uma ponta dela no tornozelo. Olhe aí, você também deve ter uma quilha. O pseudobulbo é uma estrutura espessa, que armazena água e regula os carboidratos. Você tem um reservatório de água infinito, que funciona até em casos de tortura, abandono, fracasso. Acho até que nesses casos você se reabastece mais ainda de água; tudo isso é combustível para você.

Imre, onde está a água que eu vim buscar aqui no Brasil, se vejo essa quilha ressecada todas as noites?

Todas as orquídeas têm uma base triangular, por cima da qual varia a quantidade de pétalas. Elas só florescem uma vez por ano e duram pouco — de dois dias a três meses. Você está vendo a flor paniculada — como se fossem os panos da estátua do Anônimo no castelo Vajdahunyad? Gosto dessas ruguinhas, que fazem as cores ganharem tonalidades infinitas, como se a sombra da flor estivesse dentro dela. Conforme a luz do dia varia, as cores vão mudando e se movem. A opacidade e o brilho também mudam, de acordo com a luz, o vento e a umidade. Um mesmo lugar que antes era opaco, à noite pode brilhar ou vice-versa. Você está vendo apenas uma das flores, mas uma mesma haste pode gerar até cinquenta flores, imagina? Eu poderia contar quantas manchas há em cada uma das flores, para ver se elas mantêm algum padrão. Às vezes vinte, às vezes trinta ou quarenta, às vezes afastadas umas das outras e outras muito próximas, tão grudadas que duas parecem formar uma só. Gosto de ficar observando pelo microscópio coisas que Martim não pede que eu faça ou que são desnecessárias, como verificar se as manchas das pétalas das *Hardingia* estão grudadas ou separadas. Contar quantas há em cada sépala. Verificar bem de perto a vagina da flor para ver até que ponto ela se parece com a vagina feminina.

Não consigo intuir, nem olhando para as orquídeas, brincando de oráculo; nem olhando e calculando pelo número de pintas de cada sépala, fazendo combinações numéricas e cosmológicas, se você está vivo ou morto e, se vivo, se está preso-livre ou livre-preso, se está em Budapeste, na Áustria ou na Sibéria. Não consigo te esquecer, mas também não consigo me lembrar.

Você dizia que estaria livre em qualquer situação e eu penso que você não está livre em nenhuma. Dizia que você faz o que quer e que o desejo não pode ser aprisionado, torturado, alterado, ferido. Não concordo. Até onde você realmente queria aquilo que queria? Não sei se esse seu desejo, vontade, ânimo, potência era mesmo seu. Quando alguém acredita tanto na própria vontade, é preciso começar a duvidar, porque o desejo fica parecido com a fé. Você diria que essa é mais uma das minhas cogitações pseudofilosóficas, que parecem questionar a realidade mas com as quais não se pode fazer nada além de, diante delas, dizer um "Oh!, como isso parece ser verdade". Mas foi por uma dessas cogitações que resolvi vir para cá; por causa das orquídeas e por causa da palavra *szia*. As outras razões, aquelas que você teimaria em dizer que são reais, como o medo, a covardia e o egoísmo, na verdade são laterais.

O medo, por exemplo. Esse você também tem, até mais do que eu, só que, em você, ele está disfarçado embaixo do que você chama de "coragem" e "ideal". A covardia e o egoísmo, então — é ridículo de tão óbvio. Em primeiro lugar, você sabe como eu detesto essas palavras tanto quanto você, embora você não tenha tido o menor pudor em jogá-las na minha cara quando eu te disse *szia* e você nem sabia se eu estava falando "oi" ou "tchau", mas achou que viu no meu rosto que, daquela vez, eu estava indo embora.

Agora vamos medir quem é o mais covarde e o mais egoísta de nós: covarde é quem recua no momento da ação. Vocês todos diziam que era preferível ser medroso a ser covarde. Que, se alguém não tivesse coragem de lutar, que se expusesse e não seria julgado (como se isso fosse verdade), mas que não se acovardasse na hora do confronto. Se essa é a definição de *covarde*, vamos aos fatos. Quem se recusou a acompanhar Shtutsi ao veterinário quando ele agonizava em casa? Quem ficou me esperando chegar durante várias horas, enquanto minha mãe se sujava no banheiro, porque sentia náuseas de subir para limpá-la? Mas o pior: quem preferiu não saber o que eu quis dizer quando disse *szia* e virou as costas imediatamente, como se já soubesse que era "tchau", porque, na verdade, essa era a palavra mais proveitosa para você, já que com ela você poderia jogar a covardia sempre na minha conta? Quem é que disse nunca se importar com a origem das palavras, mas, na hora em que elas te convêm, faz com que elas, e só elas, sejam importantes? Você se importa com a ação, mas já pensou que a ação, a luta, sei lá que nome você dá, também pode ser uma maneira de você não enxergar nada pensando que está enxergando tudo? Você é tão obsessivo, que não consegue mudar nem um palito de fósforo do lugar, porque te irrita, então como acha que vai mudar a Hungria? Mas o pior é quando eles chegaram e já tinha ficado claro que nós tínhamos perdido tudo, você não concorda que era mais covarde ficar, com a pretensa noção do sacrifício inútil, custoso e, na verdade, vaidoso, do que fugir, essa palavra mal compreendida, porque fugir, fugir é que é ficar? Fugir é passar por vários estados físicos — sólido, líquido, gasoso, para estar presente por instantâneos, enquanto se vive e não enquanto se pinta a vida de ideias que não valem nada. E para quem as coisas doem mais? Para quem acredita que está se sacrificando e assim se considera herói, ou para quem recebe a pecha de fugitiva e será tida para sempre como covarde?

Agora o egoísmo. Outra definição que te agradaria: egoísta é quem só pensa em si e não no coletivo (que definição ridícula, você já conheceu alguém que não pensasse só em si o tempo todo? E são essas as pessoas em quem mais podemos confiar, porque quem diz que não pensa em si mesmo está mentindo). Certo. Desde que nos conhecemos, no Füvészkert, há seis anos — quando você me viu (ou melhor, eu te vi) cuidando de uma árvore de gingko; você fumava e eu enfiava o remédio nos orifícios; você xingava e eu entoava não sei o quê; você jogou o cigarro no lago e eu te olhei com uma careta que só eu sei fazer; você riu e eu ri e desde então esgotei todo o meu estoque de caretas e você os de xingamentos — desde então você sempre foi contra o meu trabalho, Shtutsie, András, Béla, Károly, meus parentes e meus hábitos. Eu te acompanhava às reuniões, às manifestações, escondia cartazes, abrigava os seus amigos, voltava para casa de madrugada sem ter notícias de mamãe nem ela de mim, inventava códigos botânicos e linguísticos para disfarçar as mensagens secretas, me arriscava ou me expunha, me alegrava quando todos achávamos que finalmente tudo daria certo. Não deu. Tudo deu errado. E nessa hora, quando tudo fracassa, a atitude menos egoísta que pode existir é reconhecer: tudo deu errado; deu tudo errado; errado deu tudo; errado tudo deu. E não se recusar a aceitar os tanques e as mortes e dizer que ainda não, pode ser que ainda haja alguma chance e eu, só eu, possa salvar mais alguém ou mais alguma coisa, um fiapo de palha no meio de um incêndio.

Eu tentava adivinhar, olhando para a *Hardingia*, onde você está. Agora, neste momento, eu olhei para as manchas em forma de gotas escorrendo na pétala inferior do triângulo e achei que elas me dizem que você está em perigo mas está solto. Sei disso porque interpretei assim. Você está escondido. Pode ser preso a qualquer momento e pode conseguir escapar. Escape, Imre. Vou fazer trinta e sete doces de papoula hoje à noite para você escapar; vou engordar quatro quilos; acordar às cinco e meia todas as manhãs, meia hora mais cedo que o necessário; não vou mais sujar os livros nem abri-los até descosturá-los; não vou mais rasgar as páginas com a unha nem com uma faca, mas sempre com um estilete; vou escrever cartas sem engordurá-las de geleia; vou apertar a pasta de dentes de baixo para cima; não vou deixar o rádio ligado antes de dormir; não vou mais querer aprender romeno nem búlgaro, porque não servem para nada; vou te ensinar a falar inglês, de uma vez por todas; vou costurar os buracos das suas cuecas com linha dupla e da mesma cor; vou limpar a sujeira nas laterais da cama e vou me perfumar sem você pedir, porque você nunca pedia, mas para que você, quando for pendurar seu casaco e, sem querer, passar por mim, sinta um cheiro diferente, não diga nada e fique um pouco desorientado, esquecendo o que ia fazer.

A *Hardingia* tem folhas verde-escuras flexíveis, semelhantes às da *Baptistonia* ou da *Brasilidium*.

Os relatórios apontam que a descoberta da *Hardingia* foi feita, recentemente, num local chamado ilha do Mel, no Paraná. Lá as abelhas-machos abundantes se deixam seduzir por qualquer flor cuja aparência se assemelhe mesmo que só um pouco à de uma fêmea. É por isso que devem surgir ali tantas espécies novas de orquídeas. Essa parte eu inventei, mas Martim não vai se importar e se ele se irritar com isso é porque, ao menos, leu este relatório até o fim.

3

Quando ela desceu do bonde, em frente à estação Jabaquara, eu imediatamente soube que era ela. Era a única totalmente desnorteada, procurando alguém por cima das cabeças, mas eu saberia mesmo que ela saísse caminhando decidida como qualquer outro passageiro. Ela destoava do tailleur, do chapéu de aba caída e a frasqueira de couro preto fazia um par engraçado com a bolsa de tricô a tiracolo. Não me apresentei logo. Fiquei parado, observando, tentando reconhecer a mulher por trás das cartas em inglês: de Rozsa, que me alertara sobre a gravidade da situação; do escritório do Füvészkert, que, estranhamente, parecia esperançoso com a possibilidade de reproduzir orquídeas brasileiras em Budapeste, e da própria Írisz, em cujo humor eu reconheci desespero. Dizia coisas assim: "Querido sr. Martim: Rozsa me falou sobre as orquídeas brasileiras e especialmente sobre aquelas que o senhor cultiva no seu Jardim Botânico, em São Paulo. Aliás, o senhor sabia que a palavra *orquídea* é uma das únicas que permanece igual em húngaro? Isso é um grande alívio para mim. Pelo menos isso nós conseguiremos dizer um para o outro. Se nada mais for possível, ao menos poderemos falar o dia inteiro um para o outro: 'Orquídea, *orchidea*, orquídea, *orchidea*'. E isso será suficiente. Eu já aprendi algumas palavras em português, de qualquer forma, para que não ocorram muitos mal-entendidos. Veja: *unha*, *cachorro* e algumas preposições: *depois*, *durante*, *sobre* e *com*. Na realidade, como o senhor sabe, nós estamos interessados em aprender a cultivar orquídeas brasileiras num ambiente hostil (de certa forma tudo isso soa como uma metáfora, mas, neste caso, não é), praticamente o mesmo que fizemos aqui com a vitória-régia, como o senhor certamente já ouviu falar. O que eu não sei é se a Rozsa te contou que eu não sou uma especialista em orquídeas. Eu estou estudando as árvores gingko aqui no Füvészkert há quatro anos já, e antes disso eu desenvolvia uma pesquisa num laboratório, sobre usos medicinais para a papoula. Portanto, eu não sei nada sobre orquídeas e o senhor não conhece nada sobre as papoulas, certo? Talvez isso queira dizer alguma coisa. Então por que a Rozsa está me mandando para São Paulo? Bem, só ela sabe essa resposta. Tenho minhas suspeitas, mas não importa. O senhor gostaria de aprender algumas frases em húngaro? Gostaria, não é verdade? Aí vão elas: *A fejem, a vállam, a térdem, a bokám; Ég a gyertya, ég; Én kis kertet kerteltem.** Só para o senhor saber, *kert* significa 'jardim', e, se o senhor me permitir, o meu objetivo em São Paulo é exatamente o de *'egy kertet kertelni'*. Criar um jardim. O senhor me ajuda?".

Era discretamente bonita. O maxilar saliente, os olhos escuros, cabelos curtos e modelados para dentro, por baixo do chapéu. O batom cor de vinho, exagerado para aquela hora do dia. Ela parou de procurar, abriu um tanto do zíper da frasqueira e retirou um bloco de anotações. Provavelmente, conferia se tinha chegado na hora certa. Antes de finalmente me apresentar e já caminhando na sua direção, eu entendi: não haveria volta nesse caminho de trinta metros para dentro de uma história que nunca mais seria a minha mas que justamente por isso seria minha para sempre; de onde eu quereria sair todos os dias mas insistiria em ficar, porque precisava saber mais sobre aquele país onde tudo desmoronava mas também sobre ela, e ajudá-la,

---

* "A minha cabeça, os meus ombros, os meus joelhos, os meus tornozelos. Uma vela arde. Eu cultivei um pequeno jardim."

porque ajudá-la era ajudar a mim mesmo, se é que ajudar alguém (principalmente a mim) fosse possível àquela altura, eu já tão mais velho e desiludido com o comunismo que, até então, tinha sido meu norte na vida, e ela tão mais experiente do que eu. Mesmo que eu fosse um especialista em orquídeas, acho que não havia ninguém no mundo melhor do que ela para entender o que significa estudar espécies em ambientes hostis e eu é que, apesar das orquídeas, ainda não tinha aprendido nada, porque não estava entendendo nada sobre a Hungria e me sentia morrendo por dentro.

"Írisz?" "Sim", ela disse em português mesmo, amassando o bloco na mão, levantando a frasqueira, sorrindo desengonçada e gesticulando como se dissesse que só sabia dizer sim e mais nada. "Estou atrasado, a-t-r-a-s-a-d-o", apontando o relógio, "desculpe, *I'm sorry, excusez-moi.*" Ela prosseguia em inglês: "Sem problemas, tudo bem, eu estava olhando as pessoas, tudo muito bonito, a vegetação, este lugar fica tão longe, ainda é a mesma cidade? O Jardim fica muito longe daqui?". "Eu estou dirigindo, não se preocupe, nós chegaremos lá em menos de meia hora, o caminho até lá é muito bonito, você vai ver, deixe-me ajudá-la." "Ah, não é necessário, é só essa valise, sr. Gonçalves, certo?" "Martim, pode me chamar de Martim, como você escreveu nas cartas, com a tônica na última sílaba, Mar-teen." "Ah, Marteen, certo. Em húngaro seria *Mártim*, sabe, todas as palavras em húngaro são proparoxítonas, o senhor sabia? Eu adoro isso na língua húngara! Vocês têm palavras proparoxítonas em português também?" "Ah, temos sim! *Príncipe, cálice, púbere.*" "Que bom, é um sinal de que eu vou aprender português rapidamente, pelo menos as palavras proparoxítonas." "Então acho que será suficiente, porque há muitas, e todas elas têm acento na antepenúltima sílaba, pelo menos isso eu guardei da escola primária, essa é uma das regras de acentuação na nossa língua." "Então vocês também têm marquinhas sobre as letras? Não acredito! Mais um passo e, quando nós chegarmos ao Jardim, eu já vou estar falando português, se não estiver escrevendo também. E a palavra *orquídea*? Ela é proparoxítona também?" "Or-quí-dea. Or-quí-de-a. Não, acho que não é proparoxítona, mas ela também tem uma marquinha sobre o *i*." "Ah, em húngaro nós pronunciamos *órchidea*, sabia? É um sinal de que as minhas *órquideas* serão mais bonitas do que as suas!" "Não tenho dúvidas sobre isso!"

Desde então, ela foi aprendendo a falar português muito rápido, mas nunca deixou de pronunciar *órquideas* em lugar de *orquídeas*. Nunca tinha ouvido alguém dizer tão bem, em português, que não sabe falar português. E, do mesmo jeito como ela aprendia a língua, também entendeu melhor do que qualquer um como fazer para cultivar, inseminar, curar, preparar substratos, cortar e qualquer coisa relacionada às *órquideas*. E todos no Jardim também passaram a falar assim: *órquidea* era como uma cifra entre nós.

Seu aprendizado do português acompanhava o aprendizado sobre as orquídeas e um influenciava o outro; acabaram se tornando dependentes, de uma forma que, a cada palavra ou frase nova assimilada em português, ela aprendia mais uma técnica. Cortar as hastes — presente contínuo. Substrato com raspas de coco — futuro do pretérito. Contagem dos anos — provérbios: "Quem tudo quer nada tem"; "Longe dos olhos, longe do coração"; "Quem com ferro fere com ferro será ferido"; "Mais vale um pássaro na mão do que dois voando", que ela pronunciava: "*Máis vále úm pássaro ná máo dó qué dóis vóando*", assim, com o acento no *vó — vóando —*, e que ela aplicava indiscriminadamente, em qualquer situação, como, por exemplo, se alguém dizia a palavra errada para uma espécie, ela imediatamente vinha com aquele *máis-vále-úm-pássaro-ná-máo-dó-qué-dóis-vóando*. Apaixonou-se pelo gerúndio e pela *Brasiliorchis* como se fossem uma coisa só. Passou a chamar a flor de *Brasiliorchis* *"guérundio"*. "As *órquideas* precisam ser cultivadas no tempo *guérundio*, Martim, agora, enquanto estamos falando, é assim que precisa ser, assim eu aprendi com a gingko no Füvészkert, enquanto, cultivar enquanto, durante, agora, a *órquidea* só floresce uma vez por ano, Martim, e, se não for agora, será quando?" Inventou tempos verbais como o presente do pretérito, o futuro do futuro, e palavras novas como *quasebulbos*, em lugar de *pseudobulbos*, e *longitudinalíssimo*.

Também tentava me ensinar húngaro, cultivar a papoula e tratar das árvores gingko. Aprendi a cantar: *"Erwi, Lili, Sári, Mariska, Rozália, Ella, Bella, Yuchi, Karolina, gyertek vacsorázni"*, que são os nomes de oito filhas para quem uma mãe diz assim: "Venham jantar!", e: *"Csip, csip, csóka, vak varjúcska, komámasszony kéreti a szekerét, nem adhatom oda, tyúkok ülnek rajta, hess, hess, hess!"*, que quer dizer: "Bica, bica, estorninho, pequeno corvo cego, minha madrinha está pedindo o seu carrinho, eu não posso dá-lo para ela, as galinhas estão sentadas em cima, xô, xô, xô". Eu contei que em português também existem canções que não fazem o menor sentido, como, por exemplo: "Ha, ha, ha, minha machadinha, quem te pôs a mão sabendo que és minha, se tu és minha eu também sou tua, pula machadinha no meio da rua".

Do húngaro, ela me ensinou onomatopeias: *"Béget* é o barulho das ovelhas; *brékeg*, o dos sapos, e *mékeg*, o das cabras". Imitava os barulhos em voz alta e pedia que eu falasse em português: *"Béget* é béééé", ela gritava. *"Brékeg* é croc,

croc. *Mékeg* é béééé. Por que cabras e ovelhas fazem o mesmo barulho em português? Por que sapos e ovelhas fazem barulhos tão parecidos em húngaro e em português tão diferentes?" Pedia que eu a levasse para conhecer os sapos do Jardim para conferir se eles realmente faziam croc, croc ou *brékeg, brékeg*. Tinha certeza de que *brékeg, brékeg* era mais próximo do barulho deles do que o nosso croc, croc.

Tinha ideias novas para o cultivo, a criação de novas espécies, a exposição, a divulgação e a comercialização das orquídeas, mesmo que isso não fosse nossa responsabilidade. Queria que a orquídea se tornasse uma flor popular, vendida nas floriculturas, que não fosse tão cara, que jardineiros comuns pudessem cultivá-la. Defendia, desde o início, que as orquídeas fossem criadas em condições artificiais, em laboratório, para não serem retiradas do seu habitat original.

Tinha esquisitices: estava sempre maquiada, mesmo para trabalhar, o que era tacitamente recriminado dentro do Jardim, por higiene mas também por questões estéticas. Não fazia sentido trabalhar dentro de um laboratório com tintas e pós no rosto. Mas, apesar das caretas e de uma ou outra reclamação explícita, ela não abria mão daquela máscara que, por acompanhá-la tanto e diariamente, deixou de ser. Podia ser uma homenagem às orquídeas, a nós ou a ela mesma, não sei, mas aquela presença maquiada no Jardim fazia com que Írisz ficasse ainda mais onírica, como um anjo caído lá dentro por acaso. Nunca dizia não, nem para as tarefas mais descabidas: fazia café, ia de ônibus comprar material de papelaria, limpava os canteiros em volta das orquídeas e chegou até a esfregar os vidros do laboratório. Não que alguém pedisse, mas ela mesma percebia a necessidade e, se alguém reclamasse espontaneamente da falta de algum material, no dia seguinte o problema estava resolvido. Ou ela aparecia e, fazendo alguma brincadeira com a palavra, nos presenteava com o objeto que faltava ou ele misteriosamente surgia sobre a bancada, como se do nada. Quando resolvia ficar em silêncio, não havia o que a convencesse a falar. Punha o indicador sobre os lábios, mostrando que queria se calar e ponto final. Nenhuma exigência técnica fazia com que saísse do casulo onde se enfiava, até que ela decidisse sair de lá, o que podia levar de quinze minutos a um dia inteiro. Nessas horas trabalhava com mais afinco e acabava fazendo descobertas importantes, o que fez com que todos a respeitassem e acabassem aderindo ao seu código silencioso. Aprendemos a nos comunicar também assim e eu podia observar melhor alguns de seus gestos e hábitos enquanto não nos falávamos.

Desde o primeiro encontro, eu a observava por muitas razões diferentes: porque fazia parte do meu trabalho como seu instrutor e chefe; porque eu precisava entender minimamente o que se passara na Hungria, onde uma revolução fracassada tinha acabado de acontecer e onde o comunismo genuíno, aquele em que eu sempre acreditei, tinha sido massacrado pelo comunismo burocrático, oficialesco e bélico em que os soviéticos o transformaram, mas, principalmente, porque eu não conseguia evitar. Até agora, aqui diante deste último relatório e do seu sumiço que de alguma forma eu já previa, não posso dizer que tenha me apaixonado, embora reconheça que talvez esteja me enganando. Não era curiosidade científica, política, nem somente amizade, o que acabou se tornando nosso elo mais sincero, mas também não era paixão. Ela só mencionava o nome de Imre casualmente, mas eu podia perceber, nesses comentários breves, quase sempre em tom irônico, a vertigem e a extensão da dor e do amor. Isso freava a aproximação e eu, mais velho e cansado, não procurava me envolver profundamente com ninguém. Observá-la com atenção passou a fazer parte, para mim, mesmo sem que eu soubesse, de um confronto com a vida em movimento: brincadeiras desesperadas que ocultavam a dor mas que também a aliviavam e transformavam; uma dúvida precisa sobre as coisas mais irrisórias mas que fazia com que eu visse tudo a partir de outros lugares; uma tristeza que eu percebia em movimentos discretos da boca, numa retração corporal nunca ostensiva mas que me lembrava a tristeza em si mesma, como se o sentimento tivesse vindo nos visitar e decidido ocupar aquele corpo temporariamente; o entusiasmo às vezes excessivo, que, de tão desmedido, abarcava e suprimia a reação dos outros; a raiva que só se manifestava nos gestos, nunca nas palavras ou na expressão, mas que por isso mesmo podia ser ainda mais violenta: quantas vezes a vi rasgando pétalas, amassando o substrato, esbarrando nas pessoas sem se dar o trabalho de se desculpar, batendo na mesa por não conseguir realizar um experimento, para logo em seguida se recompor, culpada, o que a deixava pelo resto do dia com a aparência de um animal carente; uma maturidade exagerada e uma infantilidade proporcional, o que a fazia oscilar entre a sabedoria e a tolice, o pragmatismo e a inocência. Às vezes ela aparecia com alguma certeza: sobre o Brasil, o português, a revolução ou as orquídeas: a rega, por exemplo, deveria ser feita apenas uma vez por semana e não duas, como vínhamos fazendo, e com menos água; nada nem ninguém a fazia mudar de ideia, que ela defendia com argumentos técnicos, recortes de revistas, anotações em livros, demonstrações empíricas; de repente, sem explicações, ela se arrependia e voltava atrás, ou porque alguém a tivesse convencido sem nem sabê-lo ou porque tinha decidido sozinha, mas, da mesma forma como aderia a essas certezas, também confessava sua ignorância e pedia ajuda.

Estou escrevendo no passado, como se soubesse que ela não vai mais voltar, mesmo tendo deixado todas as coisas no apartamento. Como se já fizesse muito tempo que ela partiu e faz só algumas semanas. É improvável que ela não retorne para buscar suas poucas roupas, às quais é tão apegada: três calças compridas — uma marrom, uma azul e uma preta; sete saias de cores neutras; dois tailleurs; cinco camisas de seda; cinco blusas de malha; quatro agasalhos leves e apenas um mais pesado, mesmo com o frio forte no Jardim Botânico pela manhã. Se deixou tudo é porque deve ter saído às pressas, impulsivamente. Mas, nos últimos dias, eu percebi que ela havia tomado uma decisão importante e que procurava me comunicar, mesmo de forma cifrada. Estava mais calada e sem pedir o famoso silêncio, pondo o dedo sobre os lábios. Fazia poucas brincadeiras e dava um sorriso torto, que mal disfarçava o desinteresse. Me olhava como se pedisse para falar alguma coisa, mas não éramos suficientemente íntimos para que um de nós quebrasse a parte que faltava para ela se abrir. Eu não tentaria convencê-la a ficar. Não sei para onde ela pode ter ido. Pode ter voltado para lá, escolhido outro destino, pode ter ido a um lugar próximo para voltar daqui a alguns dias.

4

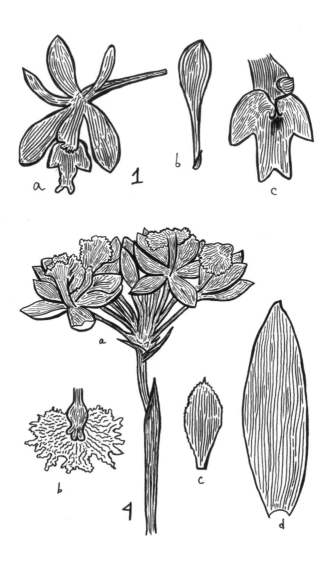

Conforme a delimitação, chegamos a cerca de mil e quinhentas espécies, distribuídas do sul dos Estados Unidos à Argentina, desde o nível do mar até quatro mil metros de altitude.

Mamãe, *anyuka*, eu sempre te dizia isso, mas você parecia não escutar ou não entender, não sei; que os julgamentos que nós fazemos sobre as coisas e as pessoas dependem da delimitação. Dependendo do ponto de vista, eu poderia ser uma ótima aluna, se você considerasse o meu desempenho em ciências ou em húngaro, mas você queria que minhas notas fossem boas em todas as matérias. Ou então, se você pensasse no meu relacionamento com Béla e com os vendedores do mercado, eu seria uma pessoa extrovertida, fácil e simples. Mas não. Para você, eu era antissocial, mal-educada, complicada e difícil e atrapalhava sua vida, assustando os clientes com minhas perguntas e minha tagarelice e, se você está desse jeito agora, mesmo que não diga, já que não pode se comunicar, deve estar pensando que eu sou culpada pela tua doença. Porque para você, como para Imre, as coisas têm só um lado e minha mania de enxergar mais de dois lados para tudo é coisa de sonhadores que não têm coragem de enfrentar a vida.

Você e Imre, mesmo de formas opostas, acham que sabem o que é a *vida* e falam essa palavra assim, gratuitamente, sem a menor cerimônia. Para você, a *vida* é fazer o que precisa ser feito, aguentar as dificuldades de cabeça erguida, fingir bem, pagar as contas; todo o resto é enfeite e inutilidade. Ou seja, eu sou um enfeite inútil que você, por desgraça do destino e de um homem, precisou parir e criar. Mas, se você pudesse, como os botânicos fazem com as orquídeas, avaliar as situações conforme a delimitação, daí você entenderia minha vida e, principalmente, minha partida, embora você não possa mais entender nada e, entre outras coisas, foi por isso que eu parti. Sei que isso soa estranho, mas só pude ir embora porque não tinha como te dizer que iria e, se pudesse, teria ficado. É assim que eu me perdoo? Se você falasse, se você pensasse, você me acusaria. Diria que tudo isso é uma maneira ridícula de me perdoar pelo que estou fazendo com você, com Imre e com a Hungria. Mas o perdão é tão mais complicado que isso e não tenho certeza se preciso mesmo dele. Não sei se errei. É claro que, se me faço essa pergunta, isso deve querer dizer que não estou em paz com minha decisão. Mas as pessoas nunca estão completamente em paz com o que decidem. É muito triste saber exatamente o que se quer e ter sempre razão. Então pode ser que me condene por ter feito o que fiz, mas posso conviver com essa condenação. Muitas outras pessoas também me olham feio, se assustam, não entendem. "Você deixou sua mãe doente, sozinha?" Mas não sei o que significa a palavra *sozinha* quando não existe a noção de companhia e se, além de tudo, você está sendo bem cuidada. "Mas e se ela tiver rompantes de lucidez, se no fundo estiver entendendo alguma coisa, e só não conseguir se expressar ou se comunicar?" Vou precisar conviver com essa hipótese remota e, se você não me perdoar por isso, vou suportar.

Há mais de cem espécies de *Epidendrum* em solo brasileiro. Espécies novas têm sido descritas e provavelmente muitas outras ainda serão encontradas, principalmente na Amazônia. É um dos gêneros com maior número de espécies no Brasil e no mundo. As principais características que distinguem este gênero das outras *Laeliinae* são o rostelo fendido e o labelo soldado à coluna em todo o seu comprimento, formando um tubo.

Martim, se você está lendo mais um destes relatórios absurdos, é claro que você sabe que eu vou aproveitar o rostelo fendido para transformá-lo em metáfora; mas, como você já sabe e me disse que isso é óbvio demais, vou mesmo ser infantil. Tudo é metafórico, menos os cachorros. Se Shtutsi estivesse vivo, seria o único capaz de me fazer pensar duas vezes entre ficar e partir.

Anyu, eu sei que você me ama e que precisa de mim, ou precisava, para ser mais exata. Precisava de mim como álibi para odiar a vida, para culpar alguém por tudo de errado que aconteceu com você, para comprar as comidas e os equipamentos necessários para você cozinhar — essa sim a coisa que você mais amava —, para que alguém errasse o tempo todo, confundindo horários, compras, dinheiros, notas e palavras. Sei também que, se eu não fizesse tudo isso, se eu não fosse esse desgosto, aí sim você ficaria mais desesperada e não poderia me amar desse teu jeito esquisito. Se eu fosse como Rozsa ou László, com quem você me comparava, então você não teria a quem acusar e aí sim me odiaria de verdade. Mas no fim dos dias, quando nós nos sentávamos juntas, comendo restos de bolo em silêncio e tomando chá, então eu conseguia sentir teu amor e, de vez em quando, nós lembrávamos de algumas canções da sua infância, que depois passaram a ser da minha; "Vaca, vaca malhada, sem orelha nem rabo, nós vamos morar onde poderemos conseguir leite"; "Passe, passe, galho verde, folhinha verde, o portão dourado está aberto, passem por ele, por ele, por ele, o gato ficou preso nele", e, mais tarde,

Rezsö Seress e László Jávor cantando *Vége a világnak* no rádio e você acompanhando, como se fosse a canção sobre a sua vida: "Num domingo triste com centenas de flores brancas, eu te aguardava, meu amor, com uma reza de igreja, aquela manhã de domingo caçadora de sonhos, a carruagem da minha tristeza voltou sem você e desde então os domingos são sempre tristes, as lágrimas são a minha bebida e a mágoa é o meu pão, triste domingo, no último domingo, meu querido, por favor, venha, haverá até um padre, um caixão, um catafalco e um manto, até mesmo as flores estarão esperando por você, as flores e o caixão e sob as árvores floridas essa jornada será a última, os meus olhos estarão abertos para que eu possa vê-lo uma última vez, não tenha medo dos meus olhos porque eu o abençoo mesmo na minha morte, último domingo". Depois, Billie Holiday gravou essa mesma música e ela se tornou conhecida no mundo inteiro. Na canção em inglês, "Gloomy Sunday", o lado trágico foi atenuado, porque os Estados Unidos não são a Hungria e o Brasil também não, e, entre outras razões, é por isso que estou gostando daqui. Eu tinha um pouco de medo dessa canção, mas entendia por que você gostava dela e, em alguns momentos de trégua, eu te perguntava sobre meu pai, sobre o passado, mas, se você percebesse que alguma coisa mais reveladora tinha escapado, você imediatamente se recriminava e se calava. "Shht, shht, Írisz, não há nada a dizer. O passado passou."

Será que você aceitaria se agora eu te dissesse a mesma coisa como explicação para eu ter vindo para cá? É capaz que sim, que você até concordasse comigo, afinal é preciso fazer o que é mais conveniente e, se você não pôde fazer assim, foi só porque eu existia.

Mas, mesmo tendo vindo para cá, não consigo abrir mão do passado. Talvez consiga esquecer o presente, esse que está acontecendo agora com você, com Imre e comigo, já que sobre ele não há nada a ser lembrado. Tenho buracos que não fecham espalhados em tudo o que penso, mas, se por eles passa a dor, eles também permitem que eu tenha lembranças boas, lembrando mesmo o que está acontecendo agora e até o que ainda não aconteceu. Então lembro de cheiros, sons, comidas e ensino Martim e as meninas do Jardim Botânico a fazer o seu doce de papoula: para a massa, quatro xícaras e meia de farinha de trigo peneirada, um tablete de fermento biológico, meia colher de chá de noz-moscada ralada, uma xícara de leite, meia xícara de manteiga, um quarto de xícara de açúcar, uma colher de chá de sal, dois ovos, uma colher de chá de baunilha, uma colher de chá de casca de limão ralada e uvas-passas; para o recheio, uma xícara de papoulas moídas, meia xícara de leite, um quarto de xícara de mel, meia xícara de manteiga, um terço de tâmaras em pedaços, um terço de nozes em pedaços, uma pitada de canela. Misturo a farinha, o fermento e a noz-moscada e reservo; numa panela, aqueço o leite, o açúcar, o sal e a manteiga até derreter; acrescento a parte quente à seca, junto com os ovos e a baunilha; bato, primeiro em velocidade baixa e depois em velocidade alta, junto o limão e mais farinha se necessário; amasso a massa sobre uma superfície esfarinhada até que ela fique macia e elástica; cubro e espero até que ela dobre de tamanho. Para o recheio, misturo tudo numa panela, aqueço e espero esfriar. Abro a massa, divido na metade e aguardo mais dez minutos (eu nunca soube esperar esses últimos dez minutos, queria logo te ajudar a fazer os retângulos e você, que sempre sabia esperar o tempo necessário para tudo, me repreendia, mas agora eu espero); faço os retângulos, com cerca de um centímetro de espessura, e recheio com a papoula e algumas uvas-passas, passo água nas quatro pontas e reúno-as no centro. Coloco em assadeiras untadas com manteiga e depois no forno aquecido. Todos adoram o doce como eu adorava, *anyu*, e então eu finjo que você era uma mãe carinhosa, que não se importava em me ensinar receitas e até gostava de dividir as coisas comigo e me deixava participar do trabalho na cozinha.

Não é fácil encontrar papoula aqui em São Paulo; ela é importada e cara, mas às vezes Martim vai comigo até o Mercado Municipal e nós compramos papoula, peixe, verduras, frutas e temperos. Depois vamos para a minha casa ou para a dele (ele é sozinho, *anyu*, mas não existe nada entre nós, pode ficar sossegada) e eu cozinho, lembrando das suas receitas, falando um pouco de você, cantando músicas em húngaro e ele em português. Faço repolho recheado, bolinho de ricota, goulash, sopa de cerejas, bolinhos de carne moída com páprica, bolinhos de semolina, pretzels e muita palacinta, que aqui eles chamam de panqueca. Nunca vou conseguir cozinhar como você e, se conseguisse, em vez de ficar orgulhosa, você teria raiva. Se eu fazia alguma coisa bem-feita, você não gostava, e malfeita, então, era um fato consumado, eu nasci para fazer as coisas errado.

Desde que você parou de me reconhecer, você ficou mais amorosa. Aquela sua risada escandalosa, que, de tão rara, fazia com que todos também chorassem de tanto rir, e que você se permitia só quando nós todos juntos falávamos mal do governo e Imre fazia caretas para imitar Rákosi e falava como ele, com os mesmos chavões, então, essa mesma risada que só Imre conseguia disparar, você começou a soltar com frequência e ninguém sabia qual era o motivo; Imre não era mais necessário e todos riam junto, inclusive eu, que já naquela época não encontrava mais muitos motivos para dar risada. E de vez em quando você também me chamou de Íriszka, Írinka, coisa que eu só tinha ouvido de você duas vezes na vida: uma no sono e outra quando eu me machuquei na escola. Você me chamou algumas vezes, assim com a mão, dobrando os dedos como quem diz: "Venha cá", e passou a mão sobre o meu rosto, experimentando minha pele, mas na verdade fui eu que provei a temperatura do seu toque, uma coisa que eu sempre queria fazer mas que eu continha, com medo da tua rejeição. Você começou a contar coisas sobre o passado, sobre tua mãe, meu pai, como você aprendeu a cozinhar, seus pratos prediletos, que eu comecei a fazer e que você chegou até a elogiar. Disse o nome do meu pai: Ignác, o que abandona. Ignác, o tradutor; o matemático; o cantor de óperas; o campeão de lançamento de rolhas; o homem do maior nariz da Hungria e de toda a extensão do Danúbio; o comilão, que devorava sete pedaços de torta de mil-folhas seguidos e não passava mal; o piadista convicto que ria até do perigo; o covarde inominável que abandonou a mulher e a filha porque não concordava com a existência de mais uma pessoa no mundo e principalmente na Hungria e isso você, apesar de concordar, não perdoa. Ignác, que nas suas falas doentes e desencontradas se misturava com teu pai, com tantos outros homens, inclusive do exército, do governo e que, por isso, fiquei sem saber se correspondia mesmo ao homem que teimei em chamar de pai.

Eu, se fosse você e se a história for mesmo essa, não o perdoaria, mas, como filha, ele tem o meu perdão e eu gostaria de encontrá-lo, saber de onde ele veio, que língua ele fala, por que ele te abandonou e a mim, iria cozinhar para ele, perdoá-lo mil vezes até que ele se arrependesse da ideia de não pôr mais ninguém no mundo e me abraçasse com a mesma força com que lançava rolhas da ponte Margaret. Eu o encontraria e ele me diria que a história não se parecia em nada com aquela que você só me contou por cifras, sinais, meias palavras, sempre acrescentando um xingamento antes e depois de cada frase. Ele me diria que era um tradutor importante, que trabalhava para algum órgão do governo, que precisava ir para outros países para difundir lá fora o que estava acontecendo conosco, na Hungria, e que nada, nem um filho, nem uma mulher, o impediria de fazer isso, já que, como tradutor, ele tinha acesso livre a outros países. Diria que deixou todo o dinheiro que possuía e também o que não possuía para você cuidar de mim, que prometeu voltar mas que você não admitia e que, durante todo esse tempo, ele tentou entrar em contato conosco mas você o impediu de se aproximar. Ou então não. Diria que um circo passou em Budapeste, ele se apaixonou por uma das bailarinas e fugiu. Ele me perguntaria: é possível resistir a uma bailarina de circo? E eu diria que não, que não é possível. Sei que isso é ridículo. Mas a essa altura é melhor imaginar algo ridículo do que uma história plausível e medíocre que só vai me deixar ainda mais realista do que você sempre fez questão que eu fosse. Conheço a extensão da minha imaturidade, mas preciso contar histórias sobre as coisas e inventar outros jeitos para elas acontecerem. Não suporto que alguém pense que as coisas são fatos e que fatos não mudam.

* * *

Você foi desaparecendo enquanto nós desaparecíamos aos seus olhos. Primeiro você se tornou carinhosa; depois apareceram as risadas gratuitas; então você começou a nos chamar por outros nomes, a lembrar de coisas que pareciam ter acontecido e outras que não; a nos abraçar, a mim, a Béla, a Imre mais do que a todos e a qualquer um que viesse nos visitar; cozinhou alguns doces; falou de Ignác e, depois de um tempo, emudeceu. Ficaram só os dedos se dobrando e me chamando para uma carícia e então, nada. Uma desistência súbita, de um dia para outro.

Essa mudança repentina é a única coisa que me faz pensar que talvez tenha havido alguma decisão da tua parte, *anyu*, e é isso que me angustia. Que você pode ter escolhido emudecer para me liberar, para que eu fizesse o que precisava ser feito. Para mim, seria insuportável fazer algo porque você permitiu e eu preferiria até que você morresse, para que essa dúvida não existisse. Não há nada nos seus olhos e o olhar parado e transparente não lembra tristeza. O seu olhar não lembra nada; é vazio. Eu vi isso. Você acha que era isso que eu queria ver? Pode ser. Como separar o que queremos ver do que efetivamente vemos?

Então, está bem. Vi o que queria e o que precisava ver, assim como acredito que meu pai foi embora porque era isso que ele precisava fazer. Mas por que perdoo a ele, que partiu, e não a você, que ficou? Eu te perdoo sim. Te perdoo e é por isso que precisei partir. Você acha que digo isso tudo somente para me convencer do imperdoável? Não é. Acredito no que fiz e te perdoo porque conheço o valor do silêncio e do que você não disse, da importância do que você calava, sempre maior do que o que você dizia. Aprendi a ouvir o que você dizia pela temperatura e textura da papoula e pela forma como você moía as sementes. Você me ensinou que o amor se pega, se come e se cheira e que a maioria das palavras disfarça mais do que diz. Não se preocupe se te acuso e se tenho raiva, assim como você fazia comigo. Na verdade, só consigo perdoar a Ignác porque acho que era o que você queria que eu fizesse. Você não podia perdoá-lo, mas de alguma forma me criou para que eu tivesse raiva de você e não dele. Até nisso você se sacrificou. Você sabia que ele fugiu para manter uma alegria que você não podia oferecer a ele nem a ninguém e que só o seu silêncio me faria entender que eu deveria perdoá-lo.

Já te disse que, antes de vir para cá, eu não sabia nada sobre as orquídeas e, para falar a verdade, não tinha nem muita simpatia por elas. São bonitas e raras demais e parecem fazer questão, com sua beleza excessiva, de serem melhores do que o resto da natureza. Por isso atraem pessoas iguais a elas, com o nariz empinado, que só por colecionarem orquídeas acabam se considerando seres raros e usam as orquídeas como vitrine de exclusividade.

Mas, desde que cheguei aqui, nesse Jardim tão afastado e diferente do centro da cidade — São Paulo é parecida com Budapeste, no tamanho, na confusão, no abandono e na ordem desordenada —, desde que Martim me ensinou a me aproximar delas, desde que conheci o que significa a raridade dessa flor e o que ela exige de quem se aproxima, fui aprendendo a gostar, porque elas são ao mesmo tempo fortes e fracas. Habitam desde as florestas frias, úmidas e sombrias nos Andes até os cerrados secos brasileiros, onde vivem sob as rochas mas também em pântanos abafados. A mesma espécie, com as mesmas características. Claro que vamos conseguir adaptá-las também à Hungria, onde tudo se adapta, onde até você se adaptou. Essa cor violeta, como ela se mantém no calor, no frio, na umidade, na secura, no abafamento, na escuridão e na claridade? De onde vem o violeta quando praticamente não há luz?

Aos poucos fui aprendendo que a raridade das orquídeas não significa distinção, mas defesa e resistência. Elas são raras porque sobrevivem às piores condições, porque criaram um sistema de sobrevivência que usa os nutrientes de outras plantas, sem prejudicar a ninguém. Você pode deixá-la praticamente sem água e sem luz e ela continua viva e fértil. Floresce só uma vez por ano, mas, se sua haste é cortada no tempo e no lugar certo, ela cresce misteriosamente e vai florescer outra vez, por tempo indefinido. Desde que eu as conheci, na variedade, na raridade e na distribuição geográfica e meteorológica, comecei a entender que a beleza e a resistência têm alguma relação entre si. A capacidade de adaptação, a generosidade que os resistentes têm com o próprio tempo e com o tempo da natureza, os torna mais belos: mais fortes e altivos, seguros ou, como as orquídeas, com uma fragilidade autossuficiente. Deve ser por isso que você, mesmo agora, continua tão bonita e eu, não exatamente feia, porque não sou, mas de uma beleza comum e fácil, dessas que se acham em qualquer parte de Budapeste, como se fosse uma margarida, uma maria-sem-vergonha. Não sou forte e nem quero ser. Não resisto, não resisti e não me vanglorio disso porque não quero me vangloriar de nada. Não como você ou Imre, outro de uma beleza que, para mim, seria insustentável de tão rara. Com a beleza das orquídeas eu consigo lidar; consigo administrar a beleza e a força dos outros, como penso que fiz durante tantos anos com você e com Imre. Como você e ele teriam se virado sem minha fraqueza? Como vocês teriam aguentado ser fortes e belos se não fosse por minha covardia e minha ansiedade para aceitar as coisas, meu desejo de escapar?

Mas as orquídeas não exigem nada de mim nem de ninguém. Florescem porque florescem e sua beleza não é mais importante do que a feiura de suas raízes, tão escuras e confusas. Essa é outra verdade que nem você seria capaz de negar. Sua beleza precisa de uma feiura oculta para se manter.

Martim fica irritado por causa dessa minha fúria comparativa com as orquídeas. Diz que sabe o quanto elas dão margem a metáforas, mas acha tudo isso fácil demais e inútil. Não concordo. Se elas surgiram em minha vida, seja lá por qual motivo for, destino, coincidência, mistura dos dois, necessidade ou poesia barata, e se estou nas condições em que estou, por que não posso recorrer àquilo que se oferece como metáfora para aprender mais sobre as orquídeas e para explicar as coisas a você, a Imre e a mim mesma?

Martim, acho que você não quer me ouvir dizer que, embora tenha sido convidada a vir para o Brasil, fugi. Você, que até agora sempre acreditou no comunismo, não quer que eu diga: "Fugi de Budapeste", nem por meio de comparações. Mas você já sabia de quase tudo o que eu te trouxe e mesmo assim não quer me ouvir, ou quer, mas não suporta e precisa ficar me recriminando a pieguice. Você queria que eu te dissesse, como esse Prestes ingênuo, que está tudo bem? Que eu não vi o que vi? Que não sei onde Imre está porque algum soldado do Exército Vermelho o está perseguindo pelas ruas, fábricas, florestas, até encontrá-lo, para então interrogá-lo e matá-lo, ou matá-lo mesmo antes de fazer qualquer pergunta, porque Kádár determinou? Não há nada de raro nem de belo nesses homens, Martim, e eu poderia compará-los a qualquer mato barato que cresce por toda parte. Mas, se comparo minha mãe e Imre às orquídeas, isso te irrita, porque você sabe que estou falando a verdade.

Alguns meses atrás, lemos juntos Albert Camus dizendo que seu maior desejo era que o povo húngaro persistisse em sua resistência, porque somente isso poderia atingir a opinião pública internacional. Quem dera! Ele propunha um boicote internacional completo àqueles que ele chamava de "opressores", os soviéticos. E também dizia que, se a resistência dos húngaros não fosse suficientemente forte para mobilizar o mundo, então que a Hungria — coitada! — resistisse sozinha, até desmoronar o "Estado contrarrevolucionário". Mas o que mais me chocou, não sei se você se lembra, foi ele dizer que a Hungria arrasada "fez mais pela liberdade e pela verdade que qualquer outro povo do mundo". Que a "miséria do povo húngaro nos lega uma herança majestosa, a liberdade, que eles nos devolveram em um único dia!".

O que eu não entendo, Martim, é como nós podemos ter lhes devolvido a liberdade num único dia, se não me sinto livre. Como poderíamos devolver algo que não temos nem nunca tivemos? Não temos liberdade, mas esse seria nosso legado ao mundo. Tenho certeza de que Imre concordaria com isso, pois palavras assim justificam seu sacrifício e nosso sofrimento. Mas a liberdade não é isso. Não me sinto livre, nem antes nem agora, muito menos pensando que Imre pode estar morto para que eu me sinta livre. Martim, você acredita nessa liberdade? Acredita que podemos nos sentir livres sabendo que alguém morreu por isso? O que é mais ridículo? Acreditar nisso ou fazer comparações entre Imre, minha mãe, o húngaro, o português e as orquídeas?

5

Uma flor nasceu no topo de um jequitibá. É uma orquídea com raízes de caules múltiplos, que se espalham formando um monte de terra suspenso no ar, como se um camponês tivesse arado o montículo e deixado ali aquele sulco elevado, aquele resto. O rizoma dessa flor não é aparente, de tão confusos os caules. As raízes misturam-se de maneira horizontal e vertical aos ramos que brotam, de onde ainda brotarão novas raízes e caules, criando uma calosidade que se parece com uma bola dura e feia. As raízes dessa flor, mesmo formando um agrupamento preto, são brancas, finas e sem pelos, mas são tantas e tão embaralhadas, que essas características se perdem em meio à confusão.

Olhando um pouco acima dessa confusão de raízes, as folhas são finas e têm a forma de uma elipse. Não lembram em quase nada as orquídeas mais conhecidas, com folhas gordas e arredondadas. Olhando por acaso, alguém poderia pensar que não é uma orquídea. As folhas parecem até secas, pois quase todas têm uma pequena dobra e a cor vermelho-escura, além das manchas brancas na folha, faz pensar em apodrecimento. A magreza dessas folhas pode dar a impressão de que elas estão prestes a cair. A flor da *Gongora jamariensis* lembra um cacho de uvas, pendente e vermelha, com as pontas amareladas, com várias flores em cada ramo.

Não se sabe quando essa flor nasceu. São tantas, espalhadas por tantos ramos, que é impossível saber a data do nascimento. Ela só é bela porque é estranha, quase feia. Essa cor, esse vermelho meio morto meio vivo, essas folhas finas e semidobradas e a sensação de que as flores estão prestes a cair causam uma impressão ruim. Se não bastassem as raízes no ar e essa mistura de raízes e caules suspensos, a flor ainda tem esse vermelho opaco, com o formato apontando para o chão, o que é um pouco assustador. Mas as pontas são de um amarelo vivo e isso, em contraste com o vermelho apagado, dá às cores uma vibração diferente, como se fosse uma flor noturna. Ela nasceu no alto de um jequitibá, uma árvore tão alta, que é quase impossível enxergar seu topo, especialmente quando se está embaixo dela, mas é dessa posição que melhor se consegue visualizar a *Gongora* que acabou de nascer. É janeiro e nessa época, no Pará, onde a *Gongora* nasceu, chove todos os dias. O calor atinge cerca de quarenta graus. Ninguém sabe que ela acabou de nascer. O que vai acontecer com ela? Ela será arrancada, com cuidado, e transportada para um mercado de orquídeas em formação? O que há nela de tão especial? Nada.

6

Li e reli os comentários sobre a frustração do Partido com a invasão da Hungria pela União Soviética e não consigo entender mais nada; sinto como se areia se espalhasse em tudo o que penso e faço, presto atenção em cada palavra da "Declaração sobre a política do PCB", escrita pelo Comitê Central, e quase todas me soam esdrúxulas.

Não sei se enlouqueci, mas não posso mais levar nada disso a sério. Parece que as palavras flutuam soltas ou em blocos e nenhuma delas quer dizer nada. São como sons que se repetiram demais e acabaram se transformando em ruídos.

Mesmo quando Írisz ainda estava aqui, eu já tinha começado a ler algumas palavras duas, três, várias vezes, influenciado por aquela curiosidade intrusa e urgente, que perguntava pela origem dos nomes Martim, *laboratório*, *substrato* ou *comunismo* no meio de uma conversa sobre novas orquídeas ou sobre os russos. Às vezes eu me cansava, mas agora, sem ela, todas as palavras dessa "Declaração" que já li até memorizar me soam estranhas.

"O subjetivismo, que exerceu longos domínios em nossas fileiras, deve ser combatido em profundidade."

Não sei o que querem dizer "longos domínios" ou "nossas fileiras" e muito menos "combatido em profundidade". Não me sinto capaz de combater meu subjetivismo em profundidade, não sei a que fileira pertenci ou pertenço e essa palavra soa como algo militar ou escolar.

"O desconhecimento das particularidades concretas do próprio país condena o Partido, irremediavelmente, à impotência sectária e dogmática."

Eles querem dizer então que, se eu me tornar objetivo, se tiver combatido minha subjetividade com eficiência, serei capaz de obter o conhecimento verdadeiro das "particularidades concretas do meu país", para não me tornar irremediavelmente "sectário e dogmático".

Como se alguém, e especialmente o Partido, conhecesse as particularidades concretas de um país. O que será isso? Os banheiros do Jardim Botânico, o meu sapato, Írisz, que queria uma batedeira, doze mil e quinhentas crianças com fome, o índice pluviométrico de Cuiabá ou as cantoras da Rádio Nacional? E as palavras também me garantem que, se eu conhecer essas particularidades, serei, além de menos sectário e dogmático, menos impotente. Mas onde estava a potência de Írisz e de Imre, depois de conhecer como ninguém as particularidades concretas da Hungria?

"Os comunistas são de opinião que uma plataforma de frente única deve incluir uma política exterior de paz, de relações amistosas com todos os países, acima de diferenças, na base do respeito mútuo da integridade territorial e da soberania, da não agressão, da não intervenção nos assuntos internos e da igualdade de direitos. Apoio às propostas que visem ao alívio da tensão internacional e ao término da 'Guerra Fria'."

Essa guerra não deveria se chamar "fria". Pelo que ouvi de Írisz (e ainda a ouço falar, porque sua fala não é daquelas que se ouvem somente no momento, mas depois, quando as palavras ficam na memória, que filtra o conteúdo e guarda mais a entonação, o sotaque e a temperatura), era possível sentir o calor, a fumaça e o bafo dos tiros vindos dos tanques, das metralhadoras e dos gracejos dos soldados.

Muitos daqueles soldados nem sabiam que estavam na Hungria; achavam que ali era o polo Norte. Ignoravam o que os tinha levado até lá e não sabiam de nada, exatamente como nós, aqui, propondo "apoio ao alívio da tensão internacional e ao término da 'Guerra Fria'".

Se apoiarmos o término da "Guerra Fria", precisamos apoiar que a avó de Írisz, que decidiu ficar junto da filha só para poder levar para ela um pão fresco todos os dias, consiga, em primeiro lugar, encontrar trigo para moer, para que se possa fazer farinha, para que se possa assar o pão, em nome do qual ela ficou num país em guerra, para poder entregá-lo a sua filha, que se encontra num sanatório. Em segundo lugar, que ela, uma vez assado o pão, possa visitar a filha em nome da qual ela se recusou a sair de um país em guerra, mesmo sabendo que a filha está irrecuperavelmente doente e que a guerra em que o país foi colocado não terá solução. Em terceiro lugar, que, uma vez assado o pão e assegurada a visita, o sanatório onde está sua filha ofereça condições mínimas de sobrevivência a uma pessoa que dedicou sua vida àquele país, que agora foi coagido a uma guerra da qual certamente sairá derrotado.

Se os meus companheiros, signatários desse documento, lessem o que acabo de escrever, me recriminariam dizendo que fatos individuais não podem interferir nos compromissos políticos. Diriam que sempre há agravantes particulares mas que, se formos considerá-las, não haveria acordos. Eu também pensava assim, mas elas (Írisz, a

Hungria, as orquídeas) introduziram uma raiz aérea em meus pensamentos.

Ela me fez ver que, no dicionário, existem palavras que eu não conhecia e que não imaginava; me fez ouvir o significado de músicas como: "O pastor monta num burro/ o pastor monta num burro/ seus pés balançam/ o rapaz é grande/ mas sua amargura é maior". Ela disse que os escritores húngaros queriam criar uma "tempestade purificadora" porque é na tempestade que as ruas ficam sujas, o vento varre tudo, perdem-se objetos colecionados durante vários anos, tudo mofa, apodrece, cheira mal, as pragas se alastram, mas só nessas ocasiões é que é possível achar um documento que havia tanto tempo se procurava e que está quase inteiramente molhado. Isso nos obriga a botá-lo para secar, descobrir formas de recuperá-lo para não permitir que a tinta se apague, que o papel se desfaça, que o sol o desbote e, durante esse processo, lembramos da ocasião em que o documento foi assinado, do amigo com quem fizemos um pacto, de quem prometemos não nos separar mas que nunca mais encontramos.

Quem está falando, aqui, é ela. Não me reconheço no que eu mesmo escrevo. A ausência de Írisz está na forma como, agora, duvido das palavras. Aderi a esse olhar espontaneamente e preciso dele para duvidar daquilo em que sempre acreditei e sobreviver a esse terremoto. Já ouvi dizer que as revoluções, na história, correspondem ao que os terremotos representam, na geologia. E, como uma cidade que, depois de um cataclismo, precisa se refazer, também é assim com uma revolução perdida e o primeiro passo é duvidar. Não quero duvidar de tudo, mas não posso mais aceitar com a mesma passividade o que o Partido diz. A presença de Írisz é o próprio sonho dissolvido e chego a achar que perder um sonho é pior do que perder a realidade. Mas Írisz me mostra que não precisa ser assim. Ela continua descobrindo palavras no dicionário, receitas de pratos brasileiros e novos substratos para as orquídeas.

E se existe uma coisa que me faz duvidar de quase tudo em que acreditei é, em nome da revolução, Palmiro Togliatti, secretário-geral do Partido Comunista Italiano, ter mudado o final do filme *Ladrões de bicicleta*. No filme, Antonio Ricci e seu filho perdem a bicicleta, para nunca mais recuperá-la. Mas, na versão modificada pela "revolução", eles conseguem, com a ajuda do Estado, resgatá-la. Isso eu não posso admitir. A bicicleta se perdeu. Nada deve, e nem pode, salvá-los disso.

7

Temetni tudunk: era o que você e outros milhares de mulheres e homens diziam, no Dia de Todos os Santos, todos os anos, numa manhã cheia de neblina, em novembro, à beira de um túmulo qualquer, no cemitério de Kerepesi. Você fazia questão de me levar, mesmo se alguém pudesse cuidar de mim em casa. Queria que eu escutasse essa frase inúmeras vezes, como um cântico, um coro ou um rosário, até entranhá-la e transformá-la numa segunda natureza, como era o seu caso. Eu repetia a frase, sabia o que as palavras queriam dizer, entendia seu significado dentro de um cemitério, mas não adiantava você querer que eu a levasse para outros momentos da vida, porque eu não levava — na escola, em casa, na rua, eu não podia nem queria mais entendê-la. Você queria que ela fosse o mote da minha vida, e eu não seria nada mais do que a glosa, como você dizia que acontecia na vida de todos.

"Como enterrar os mortos, isso é uma coisa que sabemos." Apenas duas palavras em húngaro para tentar dizer o que, em outra língua qualquer, nem uma frase e nem uma vida inteira conseguiriam.

"Sabemos enterrar" é a tradução literal de *temetni tudunk*. Mas quanto está dito nesse *tudunk*! "Sabemos", aqui, quer dizer: podemos e sabemos e conseguimos como mais ninguém; ou: se há uma coisa que sabemos e que ninguém poderá tirar de nós é como enterrar; ou: se a Hungria tem um patrimônio, é o enterro. E agora, *anyu*, vim parar neste país onde, para dizer essa frase, seriam necessárias vinte palavras ao menos, e nem assim alguém entenderia, porque aqui, se há uma coisa que as pessoas não sabem fazer, é enterrar.

Quem você visitava naqueles dias? Não eram parentes, acho. Não havia parentes a visitar, pelo menos não em Budapeste. E você nunca teve amigos tão próximos a ponto de precisar, ou querer, visitá-los. Você ia ao Kerepesi porque todos iam, porque nós sabemos enterrar como ninguém, porque é preciso sempre lembrar disso e porque, se havia algo que você queria me ensinar, era a enterrar. Talvez a única coisa. E foi isso que não aprendi.

Não enterrei os treze mártires depois do colapso da Guerra da Independência em 1849, que eu não entendia por que todos pranteavam se eles já tinham morrido fazia tanto tempo; não enterrei a antiga monarquia na derrota da Primeira Guerra nem a derrota na outra guerra, em 1945, diante dos Aliados. Tudo isso aconteceu em novembro e também, mais tarde, foi em novembro de 1956 que meu mundo — e o nosso e o de todos — acabou. Mas nem esse eu quis enterrar.

Você ia ao Kerepesi enterrar a sua memória e também papai. No seu trabalho diário de cavar a terra cada vez mais fundo, para enfiar dentro dela o que tinha acontecido, você escolhia esse dia de novembro para, junto com o país inteiro, realizar a cerimônia daquilo que você já vinha fazendo o ano todo. O que eu fui para você senão uma desculpa para se isolar de tudo, para se queixar do mundo, para maldizer a Hungria, a Europa, a Rússia, o comunismo, mas também o capitalismo americano, Hitler, a monarquia e papai?

Coisas que você deixou escapar sobre meu pai: atirava rolhas como ninguém e comia muitos mil-folhas sem passar mal. Provavelmente se chamava Ignác. Cantava árias de óperas, que, aliás, eu escutava você entoar escondido. Gostava da sua comida. E é por isso, por causa dessa comida, que te digo que há outras duas coisas que nós sabemos fazer além de enterrar: cozinhar e comer. Cozinhar é nossa contraparte do cemitério de Kerepesi, como se a comida fosse a ressurreição dos mortos, a vida de dentro para fora, de baixo para cima, a comida que vem das entranhas e do ventre para o ar. Cozinhamos para fabricar os dias e a comida não vai para dentro do corpo, mas para a rua, para as janelas, para Imre e para Ignác. Na comida e por ela, você podia perdoar papai, sem ter que pronunciar essa palavra horrível: *perdão*. Cozinhando, você esquecia o ódio, ou o amor, que no seu caso não são coisas muito diferentes.

A comida também foi uma das causas para pensarmos que ganharíamos nossa revolução. Dois dias depois de as multidões, em Budapeste, terem saído às ruas contra a União Soviética, também os camponeses chegaram, vindos do interior, com caminhões cheios de pimentões, cenouras, tomates, batatas, distribuindo-os para qualquer um que passasse. Foi então que soubemos que estávamos acompanhados e que, na verdade, eram eles os revolucionários e não nós. Imre, você e todos nós saímos às ruas e você riu, *anyu*. Comíamos batatas, mordíamos os pimentões e, enquanto os camponeses passavam, cantávamos com eles:

Todos os meus sonhos retornam para minha velha pátria. Florestas verdes, campos floridos, ali fica minha antiga, antiga pátria. Sei que vou voltar, voltar, voltar. Minha errância vai terminar e eu estarei lá novamente, na minha linda pátria. Nenhuma terra distante me engana, nenhuma cidade iluminada, estou livre das tentações. Finalmente estou em casa agora, eu sei. Finalmente, finalmente, minha errância terminou. Finalmente estou aqui, em minha pátria.

Nós já estávamos lá, naquela pátria, mas era como se não estivéssemos, como se nunca tivéssemos estado. Somente entoando essa canção, junto com eles, sentíamos que o país seria nosso, que estávamos retornando a ele — um país perdido para os austríacos, para os alemães e para os soviéticos.

Você sabia que *país*, em latim, significa "campo"? Os paisanos são os donos dos países e só está no país quem está na terra. Eles queriam voltar à terra, era isso que diziam. E, se tivessem voltado, você também voltaria; você riria, cantaria, faria mil-folhas para eles e para nós e disputaríamos campeonatos de atirar rolhas. Ensinaríamos árias de óperas e eles nos ensinariam a plantar beterrabas e pimentões. Eles, que moram na terra há centenas de anos e que mesmo assim não se sentem donos do país, mas errantes, exatamente como nós, porque não podem sair por aí distribuindo comida como fizeram naqueles dias; não podem fincar os pés na terra e dizer: "Esta terra sou eu".

Você riu conosco e, naquele dia, entendi a importância da comida na vida de dona Eszter. A comida era a linguagem com a qual você me perdoava e a papai, mas principalmente a si mesma, por ter tido uma filha. Uma filha que você temia que passasse por tudo aquilo que você e todas as mulheres passam. Através da comida você se perdoava por ter sido mãe, por ter vivido, por ter continuado e por não ter sido o que gostaria.

Sei tão pouco sobre a sua vida: as coisas que fui reconhecendo pelos seus gestos, palavras que você deixava escapar, comidas, caixas cheias de papéis escondidos em que você não me deixava encostar. Por que você sabia cozinhar tanto, tão organizadamente e tão bem? Você deve ter trabalhado como cozinheira em alguma casa importante. Sabia fazer pratos requintados e foi isso que nos sustentou durante nossa vida em comum. Mas não se orgulhava deles e sim da palacinta, do goulash, do doce de papoula — meu refúgio e provavelmente a causa de ter me tornado botânica — e da torta de mil-folhas. Legumes cozidos com temperos, marinados durante horas. O bife que você sabia grelhar de um jeito suculento, moreno por fora e macio por dentro. As batatas cobertas com creme de leite azedo, que você preparava sozinha. Quantas noites te vi acordar para mexer o cozido na panela, porque podia grudar no fundo e a água podia secar. A massa dos biscoitos com forma de estrela e de coração, cobertos com açúcar granulado, que você estendia com a força certa sobre o tampo de pedra da pia. Por que você se esmerava em dar essas formas aos biscoitos? Para mim, esses eram os seus segredos e era através dessas estrelas que eu te amava, e do seu olhar levemente arregalado quando me via comê-los ou, principalmente, quando Imre chegava e gritava, da porta: "Eszter, se não tiver batata e goulash, eu nem entro". Então eu via até a ponta de um sorriso, que você, se percebesse, tratava de ocultar.

Alguns telefonemas; vozes de pessoas importantes; suas roupas finas guardadas no armário; suas maneiras à mesa. Sempre querendo parecer mais simples do que realmente era.

Já sei. Você era a governanta-chefe da casa dos Dietrich-stein, onde galgou os cargos mais importantes até se tornar o braço direito da baronesa. Começou do zero. Era uma órfã, resgatada de um orfanato que a baronesa sustentava como um de seus passatempos altruístas. Ela se interessou por você, por causa dos seus olhos azuis transparentes, que a fizeram lembrar a filha que ela acabara de perder, no parto. Trouxe-a para casa e a pôs para trabalhar como aprendiz na cozinha. Viu seu trabalho progredir rapidamente, deixou que você estudasse com as mesmas tutoras que suas outras filhas — Marie Therèse, Constantina e Frieda — e você aprendeu a falar francês e um pouco de italiano, além, é claro, do alemão, que você domina perfeitamente. Você se tornou assistente de cozinha, e depois auxiliar do chef do palácio, até ele morrer de velhice e dizer, no leito de morte, que você deveria assumir seu lugar. Você cumpria tudo com esmero e orgulho, mas nunca com alegria, porque detesta-va a baronesa e suas filhas idiotas. Sabia o quanto devia à baronesa e se submetia em função do seu enorme senso de respeito e responsabilidade. Finalmente, depois de muitos anos, você se tornou a governanta-chefe, comandando pra-ticamente tudo no palácio e a baronesa criou uma depen-dência absoluta de você, até você se apaixonar pelo entre-gador de leite, um homem simples, risonho, inteligente e bonito, chamado Ignác.

Não foi isso, *anyu*?

Não. Não foi.

Você sabe o que o seu silêncio significou e ainda signi-fica para mim, pois, depois do silêncio consciente, agora você assumiu outro, que é físico e autônomo, um silêncio que é uma doença? Ele significava medo. Medo seu e meu e de nós duas: da vida, de andar, de falar, de fazer. E é por ele, pelo medo, que eu ando, falo e faço tanto. Foi ele que me fez ser exatamente o contrário do que você queria que eu fosse. Não sei se você estaria mais satisfeita se eu fosse silenciosa, calma e comportada. Pode ser que também não.

Você entende de que forma me obrigou a vir para o Brasil?

Sim, você entende e me perdoa. Seu perdão é sua doença.

Não sei o que é ser silenciosa e preencho os vazios com palavras, ideias, barulhos, canções e perguntas. Saturo o silêncio com ondas de palavras. Vim estudar as orquídeas também para aprender essa outra língua de nomes de flores: mais de dois mil nomes diferentes. Vim para aprender o português, uma língua em que as palavras estão quase sempre numa mesma ordem, diferente do húngaro, em que a ordem não importa e é possível fazer tantas aglutinações. Não aprendi a ser como você e como nossa língua, aceitando as adversidades como se elas fossem inevitáveis, nem aprendi o silêncio do sacrifício, que você e Imre queriam me ensinar.

Sacrifício. Foi isso que você fez por mim e eu não fui grata. Porque o sacrifício exige gratidão; é um tipo de comércio, não é? Eu via sacrifício em todos os seus gestos, no rosto sombrio, na forma como você caminhava do quarto até a cozinha. Raramente você deixava entrar algum ar no seu regime de sacrifício e dificuldade; somente por distração. Porque essa é outra regra-chave do mandato do sacrifício: nunca se distraia. Mas era impossível: *"Lascia qu'io pianga la cruda sorte, e che sospiri la libertá. Il duolo infranga* *queste ritorte de' mei martiri, sol per pietá"*.* Essa era só uma das árias que eu te ouvia entoar baixinho. Você chegou a suspirar essa liberdade? Eu sei que sim, naquele dia, com os camponeses. Com Imre. Com Ignác. E comigo. Nas estrelas dos biscoitos e naquele dia em que eu cheguei do trabalho e você não me disse nada. Me pegou pelo braço e disse: "Vamos". Tomamos o ônibus e chegamos ao Városliget, onde milhares de pessoas destruíam juntas a estátua de Stálin, Imre entre elas. E eu que tinha me recusado a ir com ele, porque não via sentido naquilo, não queria destruir estátuas, quando me vi lá, ao seu lado, quis ajudar a derrubar aquele colosso até com as mãos, se fosse possível. Você me fez ver sentido nisso, muito mais do que Imre, que justificava tudo com discursos retóricos e eloquentes. Então seu silêncio era mais do que apenas medo — isso você só pôde me ensinar agora. Era também decisão. Você é corajosa, mas medrosa na superfície. Comigo é exatamente o contrário. Está bem assim, não está? Ao menos em termos de equilíbrio. *Temetni tudunk.* Sabemos enterrar também fora do Dia de Todos os Santos.

Anyu, fugi novamente, agora de Martim. Estou aqui, você sabe onde? Daí, da sua mudez não planejada, do seu silêncio oco mas que soa como a culminação de uma vida dedicada ao vazio, você sabe onde estou e por que fugi de novo. Você sabe porque já sabia desde o início que eu viria para cá e era por isso que tinha tanta raiva de mim. Você queria gratidão? Não te dei.

---

* "Deixe que eu chore/ o destino cruel/ e que aspire/ à liberdade/ e que a dor rompa estes grilhões/ de meus martírios/ só por piedade."

8

Quando um grupo de escritores húngaros escreveu um manifesto, em 1956, pedindo uma "tempestade purificadora" e reivindicando que os principais escalões do Partido fossem "varridos", a resposta oficial russa foi: "Os camaradas escritores pensam que são eles os que melhor entendem de literatura. Sem dúvida que essa é a profissão deles, eles entendem disso. Mas existe alguém que entende mais da extração de carvão que os mineiros, mais de metalurgia que os torneiros mecânicos e mais de literatura que os escritores. E essa 'pessoa' é o Partido".

Quem é, que coisa é o Partido? É esse que se escreve com letra maiúscula, que se coloca como uma grande Pessoa, aquela que sabe mais sobre nós do que nós mesmos, porque tem mil olhos, mil mãos e mil cabeças?

Esses milhares de olhos estavam onde, que não enxergaram, no hospital, a sede de Eszter, a quem negaram um copo de água?

Foi esse Partido dos mil olhos que destruiu a insurreição de uma multidão unida, em 1956, em Budapeste, mas onde ainda se podiam enxergar olhos, corpos, punhos, todos com letras minúsculas, mulheres que viriam estudar orquídeas em países distantes, mães doentes, dúvidas, medo, caminhões distribuindo repolhos e berinjelas, uma senhora perdendo a consciência em algum hospital e o exército distribuindo armas. Qual é o Partido dos mil olhos e por que ele conhece melhor do que os escritores, os mineiros e os metalúrgicos o que eles escrevem, extraem e produzem?

* * *

Tudo o que escrevo tem você como interlocutora, Írisz, porque você não está, porque, quando você estava, era com você que eu falava, mas, agora que você desapareceu e que não sei se te verei de novo, faço como você fazia com Imre, para que você, do lugar em que se meteu, me responda com mais vigor e certeza, porque nesses esconderijos sagrados aonde vocês, os sobreviventes, vão, conhecem-se as respostas aos dilemas ingênuos e insolúveis. Com apenas um sim ou um não, vocês resolvem as coisas e, se eu te perguntar se isso tudo que estou dizendo são somente caprichos, você dirá que sim, é claro que sim, "seu asno de rabo verde".

Então está bem, Írisz, é possível falar de um partido e também de bobagens? Não era isso que vocês faziam quando foram para as ruas há quatro anos? Queriam mais papoula no bolo e também mais justiça? Você deve saber as respostas, porque acompanhou Imre desde o início e é claro que ele não pensava em papoulas nem em telhados com vazamento, mas no Povo. Só que eles não sabiam que o povo aderiria com tanto entusiasmo à luta, se assustaram e não souberam o que fazer. Esse povo queria melhores salários, mas também um fogão com mais bocas, uma escola melhor para Veronika e mais produtos químicos para cultivar o trigo. Esses, que vieram de Pécs, Kecskemét, Sopron, Veszprém, que surgiram como se do nada, com caminhões carregados e ajudando a destruir a estátua de Stálin, o que eles queriam? Vocês sabiam?

Não sei se foi por sua causa, Írisz, mas sei que não me rendi. "Será possível amar a coletividade sem nunca ter amado profundamente criaturas humanas individuais?" Uma frase tão boba, de Gramsci, diriam meus camaradas do Partido, aqui no Brasil. Mas agora podemos esquecer seu conteúdo retórico e compreender que, quando pensamos nos indivíduos, pensamos, ao mesmo tempo, no tempo presente. Não o presente como dimensão histórica, mas como a única coisa real em que é possível se apoiar, porque o futuro nos leva a fazer tudo "em nome de". O que estamos fazendo agora, neste momento exato, e qual teoria vai cuidar disso?

Sei que estou sendo feminino e sensível e sinto vergonha dessa palavra — *presente*. Nunca falei assim; nunca fui tão maricas. Nenhum partido se preocupará com esse vazio filosófico. *Agora vem você, Martim, depois de trabalhar durante anos com orquídeas e de conhecer essa mulher covarde e em eterna condição de fuga, que, mesmo depois de se instalar no Brasil, ainda tem coragem de desaparecer outra vez, agora vem você falar de "indivíduo" e de "presente". Você quer um partido que preste atenção em orquídeas, então beba Coca-Cola, coma chocolates, ajude sua Írisz a encontrar seu destino perdido, suas palavras sem sentido nos dicionários antigos, mas não venha nos atazanar mais com perguntas cretinas. Se quer nos perguntar alguma coisa que preste, se está insatisfeito com os rumos do Partido, como nós também estamos, tudo bem. Mas não venha falar de indivíduos e de tempo presente.*
Não serão o presente nem o indivíduo que vão nos salvar de nossas dúvidas e frustrações, Martim. Nós, teus colegas tão frustrados e perdidos quanto você, te garantimos isso, mas sem essas dúvidas inúteis e femininas. Não podemos suportar um Martim maricas.

* * *

Há mais de três anos, Jorge Amado escreveu que estávamos vivendo uma espécie de "gravidez de silêncio", em que todos foram como que proibidos de se manifestar, e que aquela montanha, que a gravidez vinha formando, iria acabar por parir um rato. Hoje digo que essa gravidez, se já não pariu um rato, se ainda está por parir, dará à luz um novo monstro — um comunismo ressentido e derrotado e desse eu tenho mais medo que do sonho desfeito. Írisz veio de lá e trouxe a revolução falida no corpo, na boca, na roupa e na comida.

Cuido de flores, nada mais do que isso, e Írisz e as orquídeas me ensinaram o que são as raízes aéreas, mas não posso pronunciar essas palavras, porque eu seria considerado um louco ou então só diriam que estou perdidamente apaixonado. Mas, agora que ela não está aqui e que não sei para onde foi ou se retorna, posso dizer, com alguma liberdade: raízes aéreas.

Somos um bando de moralistas medrosos, guardando palavras que o cristianismo nos ensinou: *traição*, *infidelidade*, *juramento*, *mentira*. Suportamos tudo, menos a traição aos nossos "ideais" enraizados tão firmemente no fundo da terra que, à mera hipótese de que alguém tenha mudado de opinião, independentemente da causa ou da necessidade, já o extirpamos de nossos "quadros". Jorge Amado foi expulso do Partido, porque disse palavras proibidas, mesmo que verdadeiras. Ele não poderia tê-las pronunciado, nos desmoralizando publicamente.

Quero um comunismo sem letras maiúsculas, sem um futuro distante e sem um governo Verdadeiro.

9

Martim:

Não me preocupei em te escrever mais cedo, nem em deixar um bilhete, porque sabia que, se você visse meu apartamento intacto, sem que eu tivesse mexido nas saias nem na batedeira que você acabou de me comprar, saberia que eu voltaria. Saí às pressas, sem conseguir pensar em nenhum tipo de carta — se pudesse pensar, você seria o único destinatário —, mas agora não posso te dizer por quê. Martim, não pense que, se te digo que não posso dizer o motivo, estou tentando te deixar ainda mais curioso. Não é isso. Não me leve a mal. Sou uma criança mimada, que gosta de atenção, mas agora não é o caso. Estou tentando ser mais séria e dar às coisas a gravidade que elas já têm. Também não quero ser dramática ou grandiloquente. Está vendo, só de ter dito que não quero ser nem infantil nem séria demais, já fui e você já está pensando que algo de muito complicado está acontecendo. Está tudo bem, para começar. Estou bem de saúde e não estou muito longe. Só te prometo que não foi um daqueles rompantes, como os que tenho no Jardim ou quando falo com você por telefone. Foi necessário.

Cuide da Hardingia, *da* Macroclinium, *da* Mormodes *e da* Platystele *por mim.*

Você viu o que está se passando em Budapeste, Martim? Bem, com isso você já adivinhou que não é lá que estou. Ou, da forma como você me conhece e acha que estou sempre querendo dizer outras coisas com as palavras que digo, vai achar que, justamente porque disse que não estou por lá e que não estou longe, é provável que esteja sim em Budapeste. Martim, acredite. Não estou lá. Sei que sou louca, mas não chegaria a tanto. As notícias chegam com dificuldade e a maioria das cartas são controladas, mas sei que Rozsa abandonou o trabalho no laboratório — na verdade, foi demitida, assim como quase todos os outros colegas, de lá e dos outros lugares — e está tentando conseguir um emprego qualquer, como montadora de fábrica, auxiliar de enfermagem ou vendedo-

ra de temperos, e sobrevive com a ajuda de amigos e parentes. *Não sei como conseguiu fazer suas cartas chegarem até mim, ainda aí em São Paulo, e a última, que recebi logo antes de ir embora. Bem, se eu te contasse a quantidade de códigos que ela conseguiu inserir nas cartas — através de letras de músicas, versos de poemas, expressões que dividíamos entre nós —, talvez você entendesse. Foi denunciada por uma vizinha como militante de alguma coisa que nem ela sabe o que é e a perseguição começou — ela sempre tem a sensação de que alguém a persegue nas ruas e já teve provas concretas de que não é só uma sensação. Não vou ficar me estendendo nisso, porque você já entendeu. Só para te dar um exemplo básico e para você não pensar que te escondo coisas perigosas: na carta, ela escreveu este poema: "Na terra húngara não cultivada, caminho por paisagens agrestes, em terras ancestrais de ervas daninhas e mato luxuriante. Conheço o campo selvagem, esta é a terra húngara. Eu me curvo sobre o húmus sagrado: algo devora a terra virgem. Ah, ervas daninhas que se estendem para os céus, não há flores aqui? Cipós selvagens me enlaçam, enquanto espreito a alma adormecida da terra, o perfume de flores passadas me narcotiza amorosamente. Silêncio. As ervas daninhas, o mato, me deitam, me adormecem, me cobrem e um vento zombeteiro corre sobre o campo húngaro".**

É um poema do nosso querido Endre Ady, mas, ao mesmo tempo, era um código que ela, Imre e eu tínhamos criado para comunicar algumas coisas secretas, tanto entre nós como sobre a

---

* "A magyar Ugaron/ Elvadult tájon gázolok:/ Ős, buja földön dudva, muhar./ Ezt a vad mezőt ismerem,/ Ez a magyar Ugar./ Lehajlok a szent humusig:/ E szűzi földön valami rág./ Hej, égig-nyúló giz-gazok,/ Hát nincsen itt virág?/ Vad indák gyűrűznek körül,/ Míg a föld alvó lelkét lesem,/ Régmult virágok illata/ Bódít szerelmesen./ Csönd van. A dudva, a muhar,/ A gaz lehúz, altat, befed/ Segy kacagó szél suhan el/ A magyar Ugar felett."

polícia húngara. Toda vez que dizemos magyar, *que significa "húngaro", o que na verdade queremos dizer é "russo". Assim, quando o poema diz "campo selvagem" — e é óbvio que aqui Ady fala no bom sentido, elogiando nosso camponês —, o que Rozsa está querendo dizer é "o russo", mas agora no mau sentido. Não vou te traduzir os códigos contidos no poema inteiro, mas, pelo que pude decifrar, os russos entraram recentemente na casa de Rozsa, levaram as suas economias todas — que ela guardava dentro de um maço de Lucky Strike, e aqui é claro que alguém que a conhecia muito bem foi quem contou esse esconderijo para os russos — e seus "objetos fascistas", como eles chamam os nossos enfeites: candelabros, vasos, nossa louça antiga. Depois de quatro anos continuam fazendo isso. Da mesma maneira como fizeram em 1944 e 1945, e disso eu me lembro muito bem, porque aconteceu comigo, em casa e com minha mãe. Entraram, ocuparam os quartos, montaram acampamento, transformaram nossa cozinha, quarto e sala num posto avançado de informação, já que a casa ocupava uma posição estratégica no centro da cidade. Fizeram com que dona Eszter cozinhasse para eles, com a pouca comida que possuíamos, mas, como a fama dela já tinha se espalhado entre os soldados russos, traziam farinha especial (a que só os russos tinham acesso) e a faziam cozinhar pão e doces, dia e noite, noite e dia. É isso. Nossa experiência com eles já vem de longe e foram eles mesmos, a partir da forma infantil e selvagem como ocuparam Budapeste em 1944, com a intenção de nos livrar do inimigo alemão — e com isso eles mesmos dominarem a Hungria —, que, sem imaginar, desencadearam nossa também infantil, mas alegre e aparentemente possível, tentativa de revolução. Mas, como já te disse tantas vezes, dessa vez achávamos que venceríamos. Já tínhamos desistido uma vez, depois do trauma nefasto da guerra, porque não tínhamos organização nenhuma, mas dessa vez tudo fazia crer que sim, que chegaríamos lá, e o que mais nos animava era o apoio dos* magyar ugaron, *os camponeses. Era o exército, que também nos apoiava e que passava pelas ruas, distribuindo armas para nos ajudar a combater os soviéticos. Pegamos em armas, Martim, quantas vezes te repeti essa façanha que me horrorizou muito menos do que eu pensava, porque era tão evidente que nossa causa era justa e tão claro que todos estavam conosco, inclusive dona Eszter, que nunca se manifestava sobre nada mas que, dessa vez, conseguia até sorrir, cantar e me chamar para, com ela, ajudar a destruir a estátua de Stálin, e foi isso que aconteceu. O sonho de carochinha só durou duas semanas. Duas semanas de encantamento (que agora julgo doentiamente inocente) para, em um dia, massacrarem três mil pessoas de uma só vez, entre elas tantos dos meus amigos, companheiros, camponeses e soldados. Depois mais um mês de esconde-esconde, em que morei na casa de vovó, dentro de um bunker instalado em frente ao Parlamento, saindo esporadicamente para tentar conseguir um pedaço de pão, e acabei fazendo amizade com um guarda de canhão russo (na verdade, siberiano) que foi quem me disse que eles pensavam estar no polo Norte e, finalmente, no apartamento de Rozsa, que tinha uma espécie de salvo-conduto, já que era médica e tinha contatos privilegiados com os austríacos. Depois surgiu o convite oportuno feito por você, para que eu viesse para cá, e num impulso, que me deu tempo somente de chegar perigosamente até o esconderijo de Imre e dizer a ele aquela palavra que tanto quer dizer "tchau" como "oi" e vê-lo me olhar em silêncio, sabendo que ele ficaria na Hungria e que me recriminaria para sempre do fundo de sua alma, eu decidi partir pelo caminho da Áustria, me acotovelando arrastada pela fronteira, por onde consegui passar graças a um soldado alcoólatra, que subornei com uma garrafa de vinho.*

Não sei por que estou repetindo essas histórias cansativas. Talvez porque pense que você não se lembra delas (mas sei que lembra melhor do que eu); talvez porque precise ficar repetindo isso para mim mesma, especialmente agora que não estou mais aí com você e preciso sentir algum chão debaixo dos meus pés (acredita, Martim, que estou interessada em sentir o chão?), talvez para entender de alguma maneira o que estou fazendo aqui no Brasil. Endre Ady não sabia que, depois dos alemães, os russos é que viriam despejar sua vitória sobre a Hungria, que, nunca poderei explicar por quê, apoiou os nazistas, que pareciam odiar os húngaros mais do que os tchecos, os iugoslavos, os romenos. Talvez porque fôssemos mais ocidentalizados, mais macacamente refinados.

Rozsa diz que foi visitar mamãe algumas vezes no último ano e que ela está bem — vazia como sempre, mas bem de saúde, o que não sei se é bom ou ruim. Ao menos é um sinal de que a administração — russa — do hospital permite que pessoas inúteis para o sistema continuem vivas. Imre (quase escrevi Martim em lugar de Imre agora. Martim, o que isso quer dizer?) não apareceu e Rozsa não tem notícias dele, embora um companheiro tenha ressurgido das cinzas, mas sem disposição para contar nada — a não ser que Rozsa tenha contado algo codificado mas tão complicado que eu não tenha entendido, já que especialmente esse assunto seria muito perigoso. Já faz quatro anos que ele sumiu e eu aqui ainda penso se ele está vivo. Idiota (eu). E ele, é claro. E todos nós.

Eu volto.
Um beijo,
Írisz

Já deve ser a centésima vez que leio esta carta palavra por palavra, letra por letra e a única coisa em que consigo realmente prestar atenção é: "(quase escrevi Martim em lugar de Imre agora. Martim, o que isso quer dizer?)".

Já disse a mim mesmo inúmeras vezes que meu interesse por ela não é paixão, mas agora mesmo me ocorreu que chegar a essa conclusão seria impossível, porque jamais estive apaixonado antes. Nunca senti o corpo tremer, os joelhos balançarem, nunca senti tanta falta de alguém a ponto de não conseguir realizar as tarefas do dia, nunca perdi o senso de utilidade e dever por causa de ninguém. Se houve alguma coisa pela qual senti uma espécie de ardor monumental, uma vontade de abandonar a rotina, foi o comunismo. Pode ser que agora, a partir de uma desilusão mal resolvida com a causa pela qual lutei toda a minha juventude, tenha sobrado algo para que eu preste atenção num ato falho qualquer em uma carta de Írisz. Afinal, ela é de Imre, este sim um verdadeiro guerrilheiro. Como eu poderia me apaixonar por uma mulher que pertence a um homem que luta pelo que eu mesmo gostaria de estar lutando e que desapareceu, o que dá a ele um poder sobrenatural, que o torna um fantasma capaz de exercer sobre ela um remorso que ela se diz incapaz de sentir?

Lendo esse trecho com o ato falho, sinto um desejo sem nome ou uma nostalgia imbecil das palavras estranhas que ela fala, da sua forma de confundir *guardanapo* com *cinzeiro*. E então eu lhe passo o cinzeiro para ela limpar a boca, ou o guardanapo para ela bater as cinzas. E lembro de canções em húngaro e de expressões em português que eu não posso esquecer de ensinar a ela: *batata*, querendo dizer "na certa". Ela adoraria essa expressão e inventaria mil maneiras diferentes de dizer outras coisas em português, sempre a partir de legumes. Diria *mandioca*, ou *inhame*, para querer dizer "errado" ou "vamos juntos". Não sei inventar significados como ela.

Só de reler o que acabo de escrever já entendi que sim, estou sentindo isso que chamam de "apaixonado". Me apaixonei por um ato falho. Pronto, batata. Agora, a próxima coisa idiota que vou fazer, como sei que fazem todos os apaixonados, é passar a interpretar o ato falho. Coisa que nunca fiz e que sempre me recusei a fazer.

Um ato falho não passa de um ato falho.

Mas agora:

Questão número 1: se o ato falho não tivesse importância, por que ela faria questão de contá-lo a mim? "(quase escrevi Martim em lugar de Imre agora. Martim, o que isso quer dizer?)"

Questão número 2: o fato de ela tê-lo contado significa que ela realmente não sabe o que ele quer dizer, ou está simplesmente me ironizando e já sabe o significado?

Questão número 3: se ela já conhece o significado e está, na verdade, me ridicularizando, o significado é que ela está apaixonada por mim?

Questão número 4: o fato de ela ter feito essa pergunta tão inocentemente, como quem não quer nada, não significa que o ato falho, na verdade, não quer dizer nada? Nada fora que ela, por estar endereçando a carta a mim, inevitavelmente confundiu os nomes?

Questão número 5: por que somente agora, quando cogito a possibilidade de que esse ato falho possa significar que ela esteja apaixonada por mim, é que me dou conta de que também possa estar apaixonado por ela? A paixão é algo que só acontece quando um dos dois assume a coragem de dizê-la ou, o que é pior nesse caso, de cometer um ato falho?

Questão número 6: se eu finalmente assumir que estou apaixonado, vou me transformar num ser passivo, transtornado, não vou mais conseguir trabalhar e vou ficar olhando os minutos passarem, prestar atenção no telefone toda vez que ele tocar, ficar com vontade de comprar os presentes mais cretinos, como esmaltes, batons e outros modelos de batedeira?

Resposta número 1 e definitiva: não quero estar apaixonado.

Resposta número 2: é impossível decidir não estar apaixonado.

10

Em algumas línguas, as preposições, pronomes e conjunções podem ter significados autônomos. No caso do português, com palavras como *de, para, com, sem, sob, meu, nosso*, é possível até criar frases completas, como, por exemplo, à pergunta: "Você está com algum dinheiro?" pode-se responder: "Sem".

Na poesia, essas palavras aparentemente irrelevantes podem ser significativas.

De:
Para:

pode ser, por exemplo, um poema que mostra a solidão de alguém que não tem a quem enviar lembrança alguma ou de quem recebê-la.

Já no húngaro, uma língua "aglutinante", as preposições, conjunções e pronomes ocorrem como afixos — prefixos e sufixos — que adquirem significados diferentes de acordo com a raiz das palavras às quais se aglutinam. Assim, em lugar de dizer "meu carro" ou "para Budapeste", diz-se *carromeu* e *Budapestepara*. Isso faz com que se criem significados sempre novos para raízes fixas. Poderiam aglutinar-se livremente, por exemplo, alguns afixos à raiz de *pedra*, obtendo palavras como: *pedraminha, pedracom, pedrasob, pedrade, pedraaté, pedraapesar*.

Estar em país estrangeiro e não saber falar a língua local é estar alheio e encapsulado no espaço, no tempo, no corpo e na alma. Na ignorância da língua, o estrangeiro é completamente estrangeiro. Ser estrangeiro é ser estranho —

"não pertencente a", e é do não pertencimento que vem a conotação negativa de *estranho*, palavra que não é originalmente pejorativa.

Não pertencer pode ser libertador e permitir aos estrangeiros viver num tempo mais lento, observador e menos comprometido com as funções e metas dos nativos, preocupados com tarefas em grande parte assumidas pela língua que dominam (e que os domina também). Os não falantes de uma língua podem assim ser menos escravizados por ela; permitem-se errar, falar bobagens e inventar novos significados. Um estrangeiro no Brasil, por exemplo, pode entender que a letra *a*, da palavra *agulha*, é um artigo e daí passar a dizer *a gulha* e aplicar essa mesma regra a outras palavras. Assim, o estrangeiro diz: *a çougue*, *a mor*, *a viso*.

Um falante de húngaro, no Brasil, se sentiria ainda mais estrangeiro do que os falantes de línguas mais próximas do português. Esse falante correria o risco de dizer, querendo soar fluente, coisas como: "*Casaminha* você *carropara*?".

O estrangeiro olha: não entende nada, mas entende algumas coisas melhor do que os locais: enxerga detalhes. Vê, no todo, as partes que já se incorporaram ao hábito do nativo e das quais ele não mais se dá conta. O estrangeiro vindo da Hungria pode olhar as coisas e reuni-las de acordo com diferentes métodos, como se elas fossem afixos. Ele organiza, mentalmente, uma prateleira de pessoas que usam as mãos para indicar caminhos; outra em que ficam guardadas as palavras que começam com as letras *so* e acredita que elas têm significados semelhantes: *socorro*, *sobra*, *sorvete*, *solteiro*, *sossego*; outra, ainda, onde ficam catalogadas as pessoas que usam a aba do chapéu mais inclinada para a frente, para a direita ou para a esquerda.

O estrangeiro anda: não sabe para onde vai, se perde, examina mapas, não os compreende, não conhece a organização da cidade. Está deslocado, mesmo quando está no lugar onde deveria. As características mais retraídas da personalidade — a timidez, os segredos, o medo, as hesitações —, todas se acentuam e ele não sabe o que dizer, o que fazer, como se movimentar. Anda por caminhos clandestinos e procura cantos, margens e corredores. Ou então faz exatamente o contrário. Escolhe os gestos mais largos, anda como quem ocupa a cidade e a conhece ainda melhor do que seus habitantes, distribui sorrisos, faz perguntas a torto e a direito sem se preocupar com a propriedade do que diz nem com o sotaque e faz com que todos o respeitem. Afinal, ele pensa, não há nada mais revelador sobre a educação de um povo do que a hospitalidade. Pressupõe, então, que todos devem tratá-lo bem e lhe indicar os caminhos.

O estrangeiro para: não sabe o que fazer, quer ao mesmo tempo pertencer e não pertencer; seu tempo passa mais devagar ou não passa; as coisas duram mais e os relógios espalhados pela cidade marcam sempre a mesma hora. Conta-se até que uma estrangeira, chegada a São Paulo na década de 1950, teria perguntado timidamente a um passante qual ônibus deveria tomar para ir a um local qualquer. O passante teria dito: o ônibus número 50. A estrangeira esperou passarem cinquenta ônibus até subir naquele que considerava o certo. Essa é a história dos estrangeiros, seja onde estiverem.

O estrangeiro silencia: não sabe a coisa certa a dizer, quando dizer, como dizer. Teme usar a palavra errada para uma situação simples e corriqueira ou usar palavras de mais ou de menos. Teme que o julguem mal, que avaliem seu sotaque, que lhe façam perguntas que ele não saberá responder. Sabe começar uma conversa, mas não sabe dar continuidade a ela, então opta por nem começá-la. Quer dizer alguma coisa interessante sobre um assunto do qual entende um pouco, mas prefere nem tentar, porque pode soar inadequado. Por isso, o estrangeiro escuta.

Ele anota palavras, frases, posições, gestos, expressões. Procura no dicionário, mas nem sempre aquilo que ele anotou está lá. Uma estrangeira vinda da Hungria anota muitas palavras no seu pequeno caderno de couro. Anota, por exemplo, a palavra *andei*. Busca-a no dicionário e não a encontra, ainda mais porque o único dicionário de que ela dispõe é português-português. Ela já aprendeu que, em português, existe um afixo que designa o passado. *Comi*, por exemplo, contém as ideias de "singular", de "primeira pessoa" e de "passado perfeito". Isso não existe no húngaro. Mas *andei* ela não consegue entender. Não deveria ser *andi*?, ela pensa. Ela não entende. Os estrangeiros não entendem muitas coisas.

O estrangeiro é uma criança. Inventa jogos de memorização, cria sinais, brinca de ser o que não é e de não ser o que é. Pensa assim: "Se eu fosse", "Quando eu era", "Se um dia eu for" ou "Se um dia ele me deixar". Faz manha, é birrento, quase quer chorar mas prende o choro, ou então, quando não suporta mais, explode em lágrimas e depois se arrepende, pede desculpas, não queria incomodar. Ele bate nas coisas que não funcionam como acha que deveriam: as máquinas de vender bilhetes, os parquímetros, os cadeados. Ele quer fórmulas mágicas, quer conhecer as palavras que abrem as coisas. Ele quer aprender a dizer: "Onde pego uma bandeja?"; "Você pode me passar o guardanapo?"; "Quais as cores de esmalte que você tem no salão?", mas não sabe e se admira como qualquer um, sem cerimônia alguma, conhece esses segredos milagrosos que abrem portões. Então, como ele se sente diminuído, fala coisas importantes. Não diz: "Onde ficam os garfos?", mas sim: "Você conhece filosofia?".

Para o estrangeiro não existem os fatos, as notícias, as coisas do dia a dia. Ele não sabe que há uma crise financeira, que o presidente do país é desenvolvimentista, que uma nova capital está sendo construída, uma corrente musical se opõe a outra por causa da imitação de modas importadas. Ele não entende o que escrevem os jornais, o que diz o rádio, por que as pessoas parecem preocupadas e talvez nunca venha a entender. Ele acha tudo bonito: a sujeira nas ruas, o barulho, a poluição. Vive num mundo suspenso, mesmo quando há dificuldades econômicas ou sociais. Mesmo que o tratem preconceituosamente, pensa que é assim que deve ser nesse outro lugar, onde os fatos desapareceram.

Lá, no país de onde ele veio, os fatos não param. Já faz quase vinte anos que eles acontecem incessantemente. Primeiro houve uma guerra contra a Alemanha, à qual esse país se aliou. O estrangeiro perdeu amigos, passou fome, abrigou conhecidos, desconhecidos, correu riscos, perguntou e não soube as respostas, teve medo, se cansou. Quando finalmente parecia que o pesadelo dessa guerra tinha terminado, vieram os soviéticos, dizendo-se "libertadores" e então um novo tipo de ocupação começou. Casas foram invadidas, o medo ganhou novos contornos, os saques eram mais diretos e agressivos. A perseguição agora era contra os burgueses, e o estrangeiro se perguntou se ele também era burguês. Perguntou aos soldados que invadiram sua casa o que definia a burguesia e soube que burgueses são "os que exploram, acumulam propriedades e bens e se preocupam mais com eles mesmos do que com a sociedade". Ele não conseguiu descobrir, com isso, se era burguês ou não. Trabalhava como botânico, farmacêutico, cozinheiro, bancário. Não explorava, mas, se pudesse, gostaria de ter o seu negócio, quem sabe. Por outro lado, tinha acumulado alguns bens. Sua mãe, seu tio, seus primos e amigos eram donos de suas casas e de seus automóveis. Esse burguês em dúvida estava satisfeito com o pouco que possuía. Mas o que definitivamente o colocava na categoria de burguês (ou pelo menos assim diziam os soldados que invadiram sua casa) era o seu individualismo. Pensava muito em si mesmo e, para ele, a palavra *sociedade* tinha um significado distante. O mundo já estava em ruínas, tudo aquilo em que ele acreditara já tinha se dissolvido. Ainda queriam que ele não pensasse em si mesmo. Em que mais ele pensaria?

Mas havia uma estrangeira jovem, muito jovem, durante a "libertação" e consequente ocupação soviética. Estudava, voltava para casa, se divertia e acabou se habituando. Sua mãe cozinhava, seus amigos frequentavam sua casa, ela queria estudar a papoula.

Essa jovem conheceu um novo mundo e pessoas que queriam mudar a Hungria e, dessa vez, palavras como *igualdade* e *libertação*, que até então ela só associava aos alemães e aos soviéticos, passaram a fazer sentido. E, quando finalmente parecia que esses desejos seriam atingidos, quando o desejo se transformou numa enzima que envolvia o corpo, as mãos, os gestos e as palavras, quando o povo foi às ruas, misturando burgueses, operários, camponeses, militares, padres, artistas e intelectuais, quando armas eram distribuídas livremente às pessoas para que elas resistissem, quando caminhões cheios de comida passavam pelas ruas distribuindo verduras e legumes, quando uma voz em uníssono percorria as ruas de Budapeste, quando os cheiros, sons e texturas se fundiram e a ideia de resistência e de sacrifício deixou de ser uma estratégia, então o mundo os abandonou e a trapezista caiu, o equilibrista perdeu o prumo, o domador foi engolido pelo leão e o diretor do circo disse "Basta!": tudo não passara de teatro e era preciso terminar a apresentação.

11

Das coisas que gosto na culinária húngara: o doce de papoula; a palacinta; o goulash; o doce de mil-folhas.

Das coisas que gosto na culinária brasileira: o escondidinho de mandioca; o pastel; o doce de abóbora com coco; o doce de queijo com goiabada.

Cresci vendo minha mãe fazer doce de papoula. O que posso te dizer sobre a papoula e sobre como esse doce me acompanhou durante a vida, sendo mais fiel a mim e eu a ele do que eu a meus amigos, a Imre e a algumas poucas ideias?

A massa é folhada, crocante, tem gosto de manteiga e as folhas se quebram (com a mão, não com a faca), deixando cair migalhas que mais tarde devem ser recolhidas com os dedos. É a mesma massa do strudel alemão, mas a de dona Eszter é mais leve, talvez pelo tempo de descanso, ou pelo vigor com que ela a estende e amassa, ou por causa da farinha, que ela compra recém-moída.

A papoula é crocante e isso faz parte do gosto. Você não acha que o paladar é uma espécie de tato? Ela não pode ser dura nem fazer ruído. Deve ser suficientemente resistente à mordida, mas ceder e ficar só como resto entre os dentes, que, depois de comer, você limpa com a língua e, se quiser, com as unhas. Não se pode comer o doce como se vai a uma festa, mas como quem acaricia um cachorro grande. O doce de papoula é uma constatação de que, se a civilização fez algum sentido, foi esse.

* * *

Sempre me achei parecida com a papoula e, enquanto a estudava, entendi nossas semelhanças.

Sou cheia de contradições — forte e fraca, triste e alegre, leve e pesada — e elas nunca estão em equilíbrio, como alguns filósofos disseram que seria o ideal. Um estado negando o outro e tudo entraria em tensão permanente, o equilíbrio seria feito de uma série de pequenos desequilíbrios e assim por diante. Como seria bom se eu pudesse te dizer que essas condições contrárias atuam num jogo de forças, com a corda permanentemente estendida. Mas não é nada disso. Quando sou forte, sou penosamente forte, até o último pelo do corpo. Sou capaz de enfrentar tudo, de me colocar à frente do mundo e de sofrer os piores infortúnios. Me sacrifico pelos outros e passo pelo que for necessário. Então sou admirável na minha força de ação e me torno uma fazedora em marcha. À luta, avante, conte com uma soldada em transe e na minha força não se reconhece nem sombra de fraqueza.

Mas ela está lá, espreitando, e, quando ela decide, vem com a mesma intensidade, derrubando a força como se fosse mais potente do que ela: e é. Então sou frágil, infantil e dependente como um ratinho, preciso que façam tudo por mim, que cuidem de mim, me guardem e me digam coisas bonitas. Não tenho independência para ir a lugar algum, não me ofereço para fazer coisas pelos outros, viro um bibelô, tenho medo de tudo, choro e me acovardo e, nesses momentos, não sinto culpa. Posso atazanar a vida das pessoas, deixá-las cansadas com meus pedidos de ajuda e atenção e não me preocupo em incomodá-las.

Acho que fui embora da Hungria em estados alternados de força e fraqueza, Martim. Saí porque não quis me sacrificar — por mamãe, por Imre e pela Hungria. Isso é força ou fraqueza?

E acontece o mesmo quando estou alegre ou triste. Tenho medo de não aguentar a intensidade de tudo. Minhas lágrimas já devem estar confusas de tanto serem usadas para funções diferentes em situações semelhantes: rua bonita — chorar de alegria ou de tristeza? Filme bonito — alegria ou tristeza? A beleza me confunde. Audrey Hepburn, por exemplo. Toda vez que a vejo, quero ser exatamente como ela, e não sei se sinto alegria porque a vida é tão generosa ou se me entristeço. De que adianta a generosidade da beleza? O que posso fazer com ela? Quando o mundo acabar, Martim, quando os tanques conseguirem esmagar todas as casas e os soldados atirarem a esmo contra todas as pessoas iguaizinhas a eles — e eles saberão disso, mas já estarão tão cansados que não farão mais nada e atirarão sem necessidade nem comando, só por diversão e fadiga —, então, numa tela de cinema, Audrey Hepburn ficará caminhando pelas ruas de uma cidade qualquer e essa será a cena que alguém, examinando os destroços do mundo, vai encontrar.

Está vendo? Até quando sou realista, sou boba. O mundo é uma invenção, Martim, ele não existe e por isso me dou o direito de falar bobagens, de existir num tempo em que os acontecimentos podem ser narrados. Existe tanta diferença assim entre viver e contar? Se conto as coisas, em lugar de vivê-las, se aumento tudo, vivo menos? Não vivi a multidão ocupando as ruas, não deixei de comer, não fiz tudo o que pude, acreditando que o sonho de Imre e o meu dariam certo, para ver que tudo, como quinze anos atrás, com os alemães, deu novamente errado? Quanto a menos estou vivendo do que você, que é mais realista? Você, mamãe, Imre ou tantas outras pessoas que me chamam de entortadora da realidade? Eu e minhas histórias, eu e minhas receitas, eu e minhas mentiras. O que não é mentira, Martim?

Entendeu por que sou parecida com a papoula?

Com o goulash, com a palacinta, com o escondidinho, com o doce de abóbora com coco, com pastel e com doce de queijo com goiabada?

Martim, quando você for à Hungria, lembre-se: cortar o pão ou o doce ou o frango, é com a mão.

12

Você tentou me ensinar a falar aquele poema húngaro, me mostrando como os sons de "minha mão" e "meus olhos" são parecidos: *Kezemmel*, "minha mão". *Szememmel*, "meus olhos".

CUIDO DOS SEUS OLHOS*

Com a mão que já envelhece
Seguro a sua mão.
Com a mão que já envelhece
Cuido dos seus olhos.

Na extinção dos mundos
Selvagem ancestral, quem conjura
Monstruosidades, cheguei junto de você
E com você espero assombrado.

Com a mão que já envelhece
Seguro a sua mão.
Com os olhos que já envelhecem
Cuido dos seus olhos.

Não sei por que, até quando
Estarei com você,
Mas seguro a sua mão
E cuido dos seus olhos.

1918

* Őrizem a szemed: *"Már vénülő kezemmel/ Fogom meg a kezedet,/ Már vénülő szememmel/ Őrizem a szemedet.// Világok pusztulásán/ Ősi vad, kit rettenet/ Űz, érkeztem meg hozzád/ S várok riadtan veled.// Már vénülő kezemmel/ Fogom meg a kezedet,/ Már vénülő szememmel/ Őrizem a szemedet.// Nem tudom, miért, meddig/ Maradok meg még neked,/ De a kezedet fogom/ S őrizem a szemedet".*

Se pudesse dizer em português o que o poema diz em húngaro, você me disse que precisaria ser mais ou menos assim: "Já envelhece minha-mão-com/ Seguro a mão-sua/ Que já envelhece minha-mão-com/ Cuido dos olhos-seus/ Mundo extinção-deles-em/ Selvagem ancestral, quem conjura/ Monstruosidades, cheguei junto de você/ E espero assombrado com você/ Não sei por que, até quando/ Estarei com você,/ Mas a mão-sua seguro/ E cuido dos olhos-seus".

E seria isso que eu gostaria de dizer, da forma como o poema fala em húngaro e como você tentava me ensinar. Queria compreender essa língua que é você e que é o húngaro. Minhas mãosvelhas seguram as mãossuas.

Vou te chamar, como você faz nos relatórios: "Írisz, velhasmãosminhas guardam mãossuas".

O pavor do mundoextinçãodeles, do mundoextinção-nosso, dosmundosextinçãotodos persegue este velho selvagem.

Sou um velho selvagem a quem o pavor persegue. Dizem que o pavor e o espanto são a origem da arte e da ciência. Não sou artista, mas me espanto e me apavoro com as plantas e com as palavras. Talvez não tivesse me dado conta da natureza selvagem do meu pavor até te conhecer. Talvez só tenha percebido agora, quando você não está e quando não tenho mais a quem orientar, quando mãosvelhasminhas não têm mais mãossuas para guardar. Somente quando reconheço a desilusão com a Hungria é que descubro como sou selvagem e só me dou conta exata dessa desilusão quando você não está e não posso mais te dizer, racionalmente: "Írisz, a política é isso: uma série de desequilíbrios".

Pensava ter sido domesticado pela ciência e pela política e não sabia que o espanto que sinto com as orquídeas e com os fatos tinha, na origem, esse pavor. Você também não sabia de nada disso quando me mostrou o poema, mas, como você diz, as coisas vão se localizando no tempo e no espaço, vão traçando caminhos espontâneos, até se cruzarem num encontro que é uma mistura de acaso e necessidade, não é isso?

Achava esdrúxula essa sua teoria; somente uma forma mais bonita e feminina de dizer o termo proibido: *destino*. Você dizia que não; que você confia mesmo no acaso, eu sei. Mas, para você, os acasos e as coincidências são histórias que se encontram porque têm afinidades e que, em algum momento, se buscam e se acham.

Essa é sua maneira de compreender nosso encontro e nossas semelhanças que, na verdade, são poucas, mas, na sua opinião, definitivas: o gosto pelas palavras e pelas plantas.

É estranho como só compreendemos algumas coisas retrospectivamente. Então só consigo sentir em mim a selvagemmonstruosidade, as mãosvelhas e as mãossuas, depois que você não está. As coisas que se passam, se passam, mas o que fica, fica depois. Preciso guardar olhoseu, Írisz, volte.

Você me ensinou tantos poemas e é claro que você não sabia que estava falando de nós dois e nem eu soube, mas as coisas certas, nas horas certas, demoram a se revelar. Ficam nas raízes, na terra, no ar ou em algum lugar da memória, à espera de alguma situação ou afinidade, para então se manifestarem. E esse poema, esquecido na minha gaveta, desde que você chegou aqui e quando me mostrava todos os textos, poemas e canções húngaras que lembrava, achando que com isso eu aprenderia húngaro instantaneamente, como você fez com o português, agora reapareceu e eu descobri que ele fala de nós dois. Você diz que são os poemas que nos encontram e não nós a eles.

Enquanto você estava por aqui, longe da Hungria e das pessoas que deixou por lá, eu não podia pensar em amor, uma palavra excessiva. Assumi a função de guardião: das orquídeas, do seu trabalho, do português, da desilusão com a União Soviética, da sua solidão, das coisas práticas. Sou mais velho, brasileiro, especialista em orquídeas e sozinho e tudo se encaixou. Você e eu sabíamos: a aliança entre nós dois estava no trabalho, na política e na amizade.

Mas, desde que você foi embora e, principalmente, desde que recebi sua carta, não importam mais as ausências que você sente, elas não estão mais comigo. O que conta agora é a ausência inesperada que você causa em mim. No começo atribuí isso ao hábito, às orquídeas, à dependência que você parecia ter de mim e, consequentemente, eu de você.

Mas aquele ato falho na carta e a frequência com que confiro a caixa do correio, meus telefonemas inúteis e agora esse poema, tudo só confirma o inevitável: preciso cuidar dos seus olhos.

"Com você espero assombrado."

A espera é a condição necessária dos amantes e dos fracassados. Seu mundo inteiro caiu, como diz o poema, e o meu, não tão violentamente, caiu também. Sua presença, aqui no Brasil, só fez confirmar meus receios e os dos meus companheiros.

O desiludido, mais do que o idealista, espera e sente medo. Um medo paciente e moderado. O que foi feito daquele sorriso confiante de quem acreditava na revolução? O que fazer com aquela certeza? O rosto se contrai, as mãos entram nos bolsos e o discurso recua: "Espero que não tenha sido assim"; "Espero que eles se deem conta"; "Espero que o Partido faça alguma coisa"; "Espero que isso não passe de um estado transitório". O desiludido sabe que espera e não muda. O trauma é paralisante e, por alguns anos, ou décadas, é assim que ficaremos. Com o mundo caído: escrevendo livros, acrescentando parênteses às declarações (os parênteses, esse mundo infinito da espera, que você e eu compartilhamos desde o início).

Mas também é assim com os amantes. Até agora eu achava que você é que era a pessoa que espera e eu a pessoa que te guarda e te acompanha pelo tempo. Mas entendi que não. Quem espera sou eu; o guarda-costas protegido da sua espera. Sua espera é declarada: a minha é oculta. A sua é necessária, a minha é gratuita e nunca me dei o direito de me ocupar com coisas à toa. Fiquei satisfeito, até agora, em ser seu guia, orientando a sua espera; não sabia que ela era a minha.

Agora te espero. Você disse que volta.

Espero que, quando você voltar, se voltar, eu possa te dizer: "Fique aqui, fique comigo". Espero cuidar dos seus olhos. Que *mãos* e *olhos* sejam palavras parecidas também em português. Espero que você me ensine a fazer palacinta e que eu te mostre como girar o omelete na panela, de um jeito que ele fique inteirinho.

13

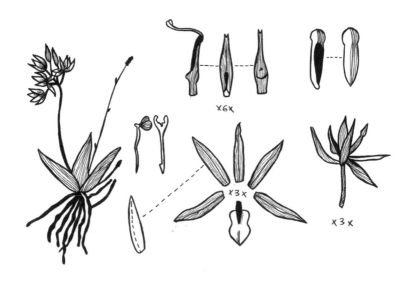

Esta nova espécie do gênero *Macroclinium* foi descoberta no sudoeste do Pará, num pequeno ramo seco caído da copa de uma árvore, durante pesquisa para o plano de manejo da Floresta Nacional do Jamanxim, no município de Novo Progresso. Nesse galho havia mais duas orquidáceas, coincidentemente plantas muito pequenas, entre as menores orquídeas existentes, a *Platystele ovalifolia* e outra *Platystele*, nova como este *Macroclinium*.

Macroclinium: planta miniatura, epífita; raízes a partir da base das folhas externas, formando um feixe. Folhas carnosas, cuteliformes, imbricadas, conduplicadas, 8,0 a 10,0 mm de comprimento por 3,0 a 4,0 mm de largura, verdes com margens membranáceas. Inflorescência lateral, curta, arqueada, biflora.

Sempre gostei das coisas pequenas, Ignác. Deve ser por isso que resolvi estudar a papoula e não acho que foi à toa que acabei vindo parar aqui, um país gigante mas onde vim estudar as orquídeas. E, entre as orquídeas, as minúsculas são um modelo de resistência e flexibilidade, sobrevivendo nas piores condições possíveis, como essa *Macroclinium*.

Quando penso em você, penso que o seu abandono pode não ter sido tão trágico quanto *anyu* dá a entender. Talvez nem tenha sido um a-b-a-n-d-o-n-o. Uma separação, um afastamento lento, um "Talvez eu volte logo", um "Eszter, você quer que eu fique?", "Preciso ir, minha querida". Não sei por que penso assim, mas deve ser porque vejo, em olhos e palavras rancorosas, alguma coisa que não convence. Sei da quantidade de segredos que ela guarda e percebo nela mais sofrimento do que raiva, como se ela sentisse, além da mágoa, algum tipo de culpa.

Alguma coisa pequena, menor do que a história que ela silencia (e que por isso fica enorme), aconteceu, e essa é a maior dor que ela carrega; a dor de algo mínimo. Foi alguma palavra, um lapso, um minuto em que você não disse ou não fez o que ela esperava? Deve ter sido isso. Ela não te perdoa por um atraso, e não por ter partido quando eu ainda era pequena.

Conheço dona Eszter como ninguém; aprendi a conhecer as pessoas pelo que elas não dizem. Ouço e vejo nos gestos dela o que ela cala e que para mim é algo assim: não sou esse ácido nem essa pedra; minha dureza comunica sinais vagos, em volume muito baixo e, se alguém quiser escutar, terá que apurar os ouvidos, encostar a cabeça no chão, nas paredes, porque eu não vou fazer o menor esforço para gritar ou ser ouvida; mas estou falando, aqui, sob os escombros do silêncio, baixinho, uma palavra; um tipo de *ai*. Eu ouço esse *ai* e é nele que reconheço que a separação entre vocês, a insistência obstinada no vazio que ela criou ao seu redor, escondem um tipo de arrependimento. Como se ela soubesse que você não foi o único culpado e essa fosse a maior dor: saber que ela poderia ter feito algo para você ficar.

Só me sinto capaz de dizer essas coisas agora que estou longe, no Brasil, estudando as orquídeas e muito longe de vocês dois. Mais longe ainda do que sempre estive de você, mas também dela. Daqui, à distância, entendo melhor a língua que ela falava nas entrelinhas, como se ela dissesse, entre as poucas palavras: Írisz, ouça. Írisz, preste atenção. Você ouviu essa última coisa que eu não disse? Só você poderá entender aquilo que eu não falei durante todos esses anos.

E, depois que ela adoeceu, seu próprio corpo começou a falar e eu perguntava: "*Anyu*, o que você disse?" e ela dizia: "Disse isso, disse isso".

Isso é essa coisa pequena que eu, sem saber, busquei durante toda a minha vida e isso é a coisa que falta entre nós duas, entre vocês e quem sabe até entre nós dois. Não sei se um dia vou chegar a te conhecer. Agora que ela adoeceu, essa possibilidade é mais remota, mas do fundo de algum buraco pequeno, como de um rostelo de uma sépala fendida, pode ser que sim. Não abri aquelas cartas secretas; deixei tudo guardado do jeito que ela fazia. Quem sabe, se tivesse olhado, teria descoberto alguma coisa, mas não podia e não sei se queria. Não tinha como sequestrar esses segredos contra a consciência dela. Já não bastava que eu a estivesse deixando, entregue à doença e à Hungria? Eu não poderia, ainda por cima, ler aquelas cartas. Descobrir alguma revelação, depois de ter decidido ir embora, poderia até me fazer mudar de escolha e eu não queria correr nenhum risco, além dos muitos que estava correndo, especialmente o mais grave. Mais do que mudar de país, não saber o que aconteceria com Imre, perdê-lo e a *anyu*, o maior risco era aceitar minha fuga. Saber se o que eu fazia era fuga ou decisão, covardia ou coragem, também depende de coisas pequenas, Ignác. A diferença entre a covardia e a coragem não é tanto moral; tudo depende de um cílio, de um grão de arroz ou de um ponteiro de relógio.

Eu queria ter um pai. Já te escrevi várias cartas, já pedi a *anyu* que ao menos me desse alguma pista sobre seu paradeiro, que me dissesse se você estava vivo, mas ela não me respondia: "Fique quieta, Írisz, não quero falar sobre isso, já te disse um milhão de vezes e não quero repetir". "Mas ele está vivo ou morto? Pelo menos isso eu tenho o direito de saber." "Para mim ele está morto e é isso que interessa. Se ele estiver vivo, que faça bom proveito." (Está vendo, Ignác, é aqui, nesse "se ele estiver vivo", que eu a ouço me dizer que "sim, ele está".)

Então decidi e decido que você está vivo. E aqui, no Brasil, quando vejo uma orquídea nova e pequena como essa *Macroclinium*, descoberta quase por acaso numa estrada desconhecida, caída da árvore, tenho ainda mais a sensação de que você está por perto. Você também deve estar por aí, caído, minúsculo como eu, como *anyu* e como todos nós. Ela não teria por que me esconder as cartas, por que esconder tanto, se você não estivesse vivo e, acredito, me procurando também.

Nossa relação acontece por fragmentos, como um pedaço de mil-folhas, uma rolha, uma ária de ópera, um nome, a invenção de uma profissão: ator? artista de circo? serralheiro? médico? Uma nacionalidade: húngaro? russo? romeno? iugoslavo? Quem seria um homem com quem dona Eszter namoraria em 1929?

De quem ela engravidaria? De quem receberia cartas?

Então me comunico com você, durante toda a minha vida. Voltando da escola, pelas ruas, nos cadernos, na cozinha e trago você comigo aqui para o Jardim Botânico. Te mostro as orquídeas e ouço sua voz me dizendo: "Não mexe, Írisz".

Flores emergindo do mesmo ponto no ápice da haste floral. Brácteas triangulares, agudas. Sépalas elíptico-lanceoladas, côncavas, carenadas no dorso, com 4,0 mm de comprimento por 1,5 mm de largura, brancas, translúcidas, as laterais com algumas máculas curvas junto à base. Pétalas lanceoladas, côncavas, carenadas, um pouco mais curtas e estreitas que as sépalas, também brancas e translúcidas, com máculas purpúreas alinhadas no centro.

Ignác, em palavras como *translúcida*, como é a cor dessa flor, o português às vezes se parece com o húngaro. *Boquiaberto, cabisbaixo, entreabrir, semicerrar.*

Carrego comigo a natureza dessas palavras que não são o que são, que não são exatamente uma coisa. Não sei se por ser húngara, por ter sido criada sem você, por ter precisado ouvir o que *anyu* não dizia, ou se porque agora estou estrangeira e isso me faz prestar mais atenção nessas palavras estranhas, que dizem várias coisas ao mesmo tempo, que falam e também calam.

Você está comigo na cor translúcida, entre a neblina e a transparência, e é assim que me comunico com você, já que quase nunca pude me comunicar com *anyu* e agora ela finalmente assumiu o mutismo.

Você é minha esperança de fala. Quando te encontrar, vou gritar com você e te ensinar as árias de ópera que aprendi de tanto escutar *anyu* cantando escondido. Aprendi a ouvir o que se fala bem baixinho. Então é isso. Vamos cantar não em voz alta, mas só murmurando as palavras, consentindo com a cabeça, os dois espantados porque um conhecia o que o outro queria cantar. E então eu vou te ensinar palavras em português e você vai me dizer tudo o que não pôde me ensinar em húngaro. Você é húngaro?

Labelo com longo e estreito istmo, sub-romboide, 4,0 mm de comprimento por 1,8 mm de largura, branco translúcido, com algumas máculas purpúreas pequenas. Coluna tênue, levemente recurvada, cilíndrica, levemente rosada, com ápice amarelado; antera biloculada, branca com ápice purpúreo; polínias-2, subglobosas, muito pequenas, inseridas num longo estipe.

14

Não sei onde estou. Não reconheço a cidade, o Jardim, perdi meu lugar nas ruas, não consigo pegar um táxi porque não sei para onde quero ir. Não consigo pedir um café sem que isso me soe estranho, porque meus hábitos se tornaram formas vazias, sem conteúdo nem endereço, coisas que se fazem sem que minha vontade as dirija. Tomo banho começando pelos braços, como sempre; me enxugo de cima para baixo; uso dois travesseiros, um mais baixo e outro mais alto para dormir e acordo todos os dias às seis e meia. Ouço o despertador e ainda fico mais alguns minutos deitado, de olhos fechados, imaginando o tempo que está fazendo. Ainda gosto da garoa de São Paulo, ainda sopro os vidros das janelas para ver a mancha que o vapor faz e compro um jornal na banca da mesma esquina, onde cumprimento o mesmo jornaleiro e faço comentários sobre futebol. Mas não me reconheço mais, embora faça as mesmas coisas que venho fazendo há anos, porque agora existe outro eu observando meus gestos e me seguindo pelas ruas, que me orienta, desorienta, obedece, desobedece e que me adverte, intermitentemente: Martim, isso não está certo; Martim, isso está errado; Martim, qual a coerência? Me tornei personagem num palco onde sou a única plateia e meus dias se transformaram numa sucessão de ritos maquinais e sem razão. Tê-la perdido, mesmo que temporariamente, fez com que eu me desse conta de como estou perdido de quase tudo há muito tempo.

Albert Camus, em 1957, falava que os ritos são parte de uma religião totalitária. Que, se um Estado força um pai a entregar seu filho e se a denúncia passa a ser considerada uma virtude, o que está em jogo é uma religião e não uma política.

Só a palavra *rito* pode descrever um pensamento de um livro só e com uma ideia de salvação, porque a salvação é como a fé: nela se acredita ou não se acredita. E eu aqui, sem entender mais nada nem ter para quem dizer minhas dúvidas, com um sofá de três lugares que sempre me pareceu suficiente mas que agora é tão exagerado e onde, quando eu me sento, falta alguém com quem dividir uma palavra, como faço para conciliar dialética e salvação? Se a dialética é um processo em transformação, a redenção é paralisante. A definição que Írisz dava de *dialética* era: quando uma coisa é e ao mesmo tempo não é, então ela pode ser outras. Se houvesse redenção, não haveria história e os acontecimentos da minha vida, desde a água saindo da torneira, o almoço do meio-dia, as dúvidas de ter ou não ter um filho e até de participar ou não de uma revolução, estariam todos condenados à estagnação.

A entrada da União Soviética em Budapeste foi o rito dos ritos — a celebração de uma verdade que se transformou num fim, como qualquer religião, e os comunistas soviéticos, como diz Camus, têm o mesmo direito de se chamarem assim que tinham os inquisidores de se chamarem cristãos.

Por quanto tempo, de que maneiras e com quais motivos vamos continuar usando a "causa" como justificativa para tudo?

Por que um filho pode (e deve) entregar um pai? Pela causa. Por que não posso discordar mas posso proibir e impedir? Pela causa. Se existir uma causa capaz de transcender milhares de indivíduos, então é preciso duvidar dela.

Quando os soviéticos entraram na Hungria, quando as notícias sobre a invasão começaram a chegar aqui no Brasil e quando os camaradas perceberam que não haveria como escapar disso, eu, que já estava à beira de romper com o Partido, me senti quebrado. Dessa vez, mais do que com o discurso de Khruschóv ou com as denúncias sobre os crimes de Stálin, senti que estava realmente desabando. Alguns amigos mais próximos duvidavam do que os jornais diziam ou tentavam justificar a invasão soviética, alegando outra vez a "causa". Mas, quando os húngaros começaram a chegar por aqui, quando brasileiros que testemunharam os fatos vieram nos contar o que viram, eles foram acusados de traidores. Ver o que não se quer e o que não se pode ver era uma traição. Para quem transforma tudo em ritos, a vida atrapalha e seria bom se ela nem acontecesse, para não deturpar as frases de efeito. E os religiosos-burocratas não quiseram ouvir as histórias reais. Outros se interessaram, exercitaram expressões de preocupação, passaram alguns dias em estado de meditação e recuo, para depois esquecerem ou guardarem seus temores em algum arquivo da memória que seria usado mais tarde, quando conviesse ou quando a realidade se adequasse melhor a suas teorias.

Mas alguns, como eu, não suportaram o vigor das coisas e da vida. Essas coisas que homens e mulheres traziam de Budapeste contrariavam tudo o que queríamos construir fazia muitos anos. Não havia o que relativizar e o que aconteceu, aconteceu. Os russos entraram em Budapeste e mataram milhares de pessoas. Pessoas que queriam sindicatos, trabalho, comida e um governo autônomo, soberano e socialista. Quem eram essas pessoas? Jovens, camponeses, intelectuais, trabalhadores, profissionais liberais, operários, soldados, padres, mães.

Não sei mais se acredito em partidos, porque eles se transformaram em pura burocracia. É como se os soviéticos tivessem substituído a fé pela burocracia e criado tantos meandros, gavetas e etiquetas, que, diante disso, só sobrassem os nomes. Como um cerimonial, onde os métodos são mais importantes do que os desejos e nós acabamos nos tornando gavetas, milhares de gavetas vazias. Pela burocracia, pode-se justificar uma invasão, mortes e a negação de tudo o que sempre defendemos. Nossas ideias se tornaram palavras e dizemos "socialismo", "sociedade sem classes", "justiça", "igualdade" e "materialismo histórico" da mesma forma como dizemos: "Qual é a fila certa?".

Alguns exibem suas marcas de orgulho ferido como se fosse uma insígnia: agora estão desiludidos. Mas é preciso fazer alguma coisa com a desilusão, e não portá-la como mais uma bandeira.

Prestes dizia, ainda em 1956, que "a união em torno do Comitê Central é sagrada para todos os comunistas", e que ele não aceitaria discursos que questionassem a União Soviética. Agora, depois de tudo, e principalmente depois da chegada de Írisz, essa frase soa para mim como a declaração de um arcebispo sobre os dogmas da Igreja.

Írisz não sabe, mas ela é a vida que penetrou no meu trabalho e na minha consciência e, sem palavras de ordem, alterou tudo com sua papoula, sua batedeira, suas confusões e os olhos de quem viveu, de quem fez escolhas que o Partido não aprovaria mas que fez o que precisava ser feito porque era a vida que pedia. Quando ela cria metáforas para as orquídeas, nas suas oscilações intempestivas entre entusiasmo e desilusão, o que fala nela são as coisas.

Se eu já me sentia desestabilizado pelas notícias que vinham de lá e pelas conversas com os amigos, a chegada de Írisz foi como se as palavras aparecessem em sua natureza bruta. Ela trouxe o cheiro, o tumulto, a morte e, por isso, a vida. Não há vida nem morte na teoria. Foi isso que ela me trouxe com seu doce de papoula.

15

Vi muitas coisas pela cidade hoje:

- Um bonde com a placa "Praça Patriarca" e várias pessoas penduradas, quase caindo. Outro com a placa "Cidade" e o número 18. Vazio.
- Vários homens com as gravatas enfiadas dentro das calças; um costume muito feio. Não sei quem pode ter inventado que gravatas devem ficar dentro da calça. Deve ser para que elas não balancem. Mas, afinal, as gravatas não são feitas para balançar?
- Muitas gravatas xadrez. Outro hábito detestável.
- Quase todos os homens de terno, mesmo no calor.
- As pessoas entram no ônibus pela porta de trás e saem pela da frente. Não é assim em Budapeste.
- Muito mais homens do que mulheres nos bondes e nos ônibus.
- Várias mulheres carregando grandes pacotes e homens carregando malas. Para onde vão todos, carregando tanta coisa?
- Mulheres carregando trouxas de roupa na cabeça.
- Quase todos andando apressados.
- O cobrador do bonde segura as notas de dinheiro entre os dedos, enquanto passa recolhendo as passagens com uma habilidade inacreditável.
- A maioria dos homens usa bigode, sem barba.
- Anúncios: Molas Suéden, nunca cedem; Cica; Biotônico Fontoura.
- Palmeiras no vale do Anhangabaú.
- Muitas filas, muito trânsito.
- Quase todos os carros são grandes e estacionam nas calçadas.
- O prédio da Mappin Stores com um relógio no topo.

- Carroças puxadas por cavalos e algumas por burros.

- O preço do bonde, marcado no vidro da frente, é de CR$ 100.

- Mulheres usando sombrinhas para se proteger do sol. Um hábito bonito.

- Propagandas dos cigarros Hollywood, Kent, Continental e Mistura Fina.

- Coca-Cola: "Desfrute a pausa que refresca", e sabonete Lifebuoy: "Nada de 'C.C.' comigo...".

- Protestos nos muros contra o "confisco cambial" e convocações para uma greve geral dos trabalhadores.

- Muitas mulheres de coque e de rabo de cavalo.

- Um homem carregando duas malas de couro, um viaduto sobre um córrego, meninas com vestido de chita e quatro garotos com uniforme de colégio num jardim de nome lindo: Jardim da Luz.

- Engraxates espalhados por toda parte, com uma tabuinha, um caixote com equipamentos e cada um com um bordão diferente para oferecer seu serviço.

- Camelôs em barracas cobertas por guarda-sóis.

- Policiais com cintos brancos e capacetes altos e redondos.

- Homens deitados na grama em frente ao estádio do Pacaembu.

- Vendedores de cachorro-quente com chapéus imitando salsichas.

- Mulheres com saias abaixo dos joelhos e meias até a canela, coisa que eu nunca usaria.

- Vestidos de bolinha, fivelas de girassol, sapatos brancos, óculos escuros mesmo quando não há sol, penteados altos, faixas no cabelo.

- Palmitos inteiros nas barracas da feira.

- Muito açúcar no café, servido a partir de uma panela de ferro nos bares.

- Crianças brincando na fonte em frente ao túnel da avenida Nove de Julho.

- Ruas de paralelepípedo com muitos buracos nas ruas.

- Casas Pernambucanas: onde todos compram; lojas Ducal; fogão Wallig, com exclusivo Flamatic; Tergal não amassa e não perde o vinco.

- Desfile de fanfarra, mendigos, meninas em duplas brincando de música e palmas, pessoas sentadas nos bancos de rua conversando, muitas pessoas dando risadas barulhentas, abraços, tapinhas nas costas, conversas em voz alta e até beijos.

16

Para você entender mais ou menos como funciona um dos códigos que Rozsa e eu criamos para nos comunicar sobre assuntos secretos: por exemplo, no meio de uma receita de um prato qualquer, digamos, goulash, incluímos alguns ingredientes errados e é a partir deles, considerando somente a terceira letra de cada palavra, que construímos nossas frases secretas. Pense numa receita como esta: cinco cebolas, trigo, quatro dentes de alho, cominho, molho de tomate, cúrcuma, salsão, creme de pimentão, um quilo de carne, louro, brotos de alfafa, carne de porco, dez batatas, ameixas e outras frutas. Agora considere somente a terceira letra de todos os ingredientes errados: trigo, cominho, cúrcuma, creme de pimentão, brotos, carne de porco, ameixas e frutas. E pronto, você terá a frase: I-M-R-E M-O-R-R-E-U. Só que, nesse caso, Martim, não se trata de um exemplo. Foi aproximadamente a mensagem que recebi na última carta de Rozsa. Era isso que ela precisava me dizer e é também o que eu te digo: assim mesmo. Imre morreu. Imre está morto. Imre não existe mais.

Acabaram os gritos, as risadas, as mãos grandes, com palmas tão acolhedoras que eu chegava a pensar que seria engolida por elas, os dedos grossos e compridos, a teimosia desmedida que ia além da lógica, chegando a sabotar seus próprios objetivos, a energia urgente para o trabalho e para a ação política, tão grande que ele chegava a tropeçar, se embaralhar e agir errado, a gentileza orgulhosa beirando a vaidade mas que podia chegar a um tamanho grau de generosidade que ele seria capaz de se diluir em delicadeza, fazer tanto pelos outros que era como se o favor fosse maior do que o favorecido, o orgulho monumental, capaz de ir além do desejo, e aquele bigode idiota.

Ele perdeu tudo: a revolução, a Hungria e a vida (e talvez a mim). Pelo quê? Por nada.

Três anos de encontros secretos, de formação de guerrilha, de convocação de intelectuais, professores, operários, mulheres, mães, algumas lideranças camponesas, religiosas e militares; milhares de documentos lidos, discutidos, cartazes e jornais impressos, distribuídos, códigos desenvolvidos, especialistas vindos da Polônia, da Romênia, da Tchecoslováquia, linguistas e filólogos, cientistas e advogados e, depois, todo o resto que já te contei — e não contei, mas sempre contei de alguma forma, em tudo o que fazia, no cuidado com as orquídeas, no meu aprendizado do português e na comida que eu preparava, nos ônibus que eu peguei, nas músicas que te ensinei, na cama desarrumada, nos cigarros que quis parar de fumar e não consegui —, as vitrines das lojas à disposição sem que ninguém sequer tocasse nos objetos expostos, a comida distribuída, as armas também, tudo para que Imre morresse escondido, provavelmente com fome e frio, sem ter conseguido, com sua permanência na Hungria, fazer nada do que tinha prometido. Por que ele não quis aceitar a derrota?

O que ele poderia fazer? Ajudar uma menina que tinha perdido o caminho de casa? Encontrar um amontoado de batatas perdidas e levá-las até alguma família faminta? Era isso que ele queria. Para ele, isso seria o bastante e ele não sairia da Hungria, nem que a oportunidade surgisse, de modo que tivesse a chance de espalhar algumas batatas e soubesse, só consigo mesmo, que tinha salvado duas vidas, por mais alguns dias, se tanto.

Martim, estou me dirigindo a você, mas sei que, na verdade, estou falando com ele, porque é com ele que argumento: ouço suas respostas, em tom mais bravo ou mais explicativo (ele, que detestava teorias, ao contrário de mim) e posso escutá-lo falando dessa menina, chamada Kátia ou Katarina, a quem ele emprestou ou até deu o casaco e ele me diria que foi o suficiente, ao que eu retrucaria que isso é egoísmo, que esse tipo de generosidade é perversa, não ajuda nem a ela nem a ele e que ele, saindo da Hungria, esquecendo Kátia e Katarina, faria muito mais pelo bem delas e então ele baixaria a cabeça, daria de ombros e responderia, irônico, que eu não sei o que é a verdadeira vida, que eu tinha optado pelas palavras e não pelas coisas e que a lógica, naquele momento, tinha menos importância do que as pessoas e que haviam sobrado muitas, em condições bem piores do que a dele e era por essas pessoas que ele ficava.

Quem pode discutir com um discurso absurdo como esse e o que eu poderia ter dito? Que ele só sobreviveria por sorte?

Mas, durante os anos em que estive por aqui, com a grande sorte que tive de trabalhar no Jardim Botânico, de ter te conhecido, de morar onde moro, de fazer o trabalho que faço e de metaforizar as orquídeas, fui eu que acreditei na sorte que achava que ele teria. Sempre neguei o valor do sacrifício, essa besta tirana, mas, no fundo de algum vestígio de alma (se é que me resta alguma), achava que minha fuga da Hungria, naquelas condições, seria uma maneira de contribuir com o destino a favor de Imre. Já que ele não queria arriscar a honra, eu a arriscaria por ele e a fortuna seria compassiva, ela daria o desconto, ao menos para ele. Mas essas fiandeiras vagabundas que ficam tecendo nosso lote não se compadeceram de mim — "Mas que mulher prepotente!" — e nem dele — "Vamos dar uma lição nela!", "Vamos ficar com aquelas mãos grandes para nós".

Não vou me sentir culpada pela morte dele, Martim, te prometo. Sei que essa morte é só o desenrolar lógico dos acontecimentos, e que acreditar na sorte e, o que é pior, que eu pudesse contribuir para a sorte de Imre, não passa de mais uma bobagem infantil. Não se preocupe. Não vou me imolar. Quem é o culpado pela vida e pela morte de cada um, de todos? A História, a história, as histórias, a anti-história, a não história, não existe a culpa, todos somos culpados, Deus? Estamos todos boiando soltos, guiados pelo acaso, pelas coincidências e circunstâncias, e quem morre numa guerra não faz mais do que a obrigação? Sim, é isso mesmo. Mas eu fiz mais do que minha obrigação. Fugi.

Rozsa não conseguiu me dizer como foi essa morte; se foi violenta, como ela ficou sabendo; nada. Pelo que pude entender, as comunicações estão tão controladas em Budapeste, que eles poderiam até tentar decifrar a carta ou, só pelo fato de não haver nada de suspeito, poderiam desconfiar, já que sabem tudo sobre minha relação com Imre e com a própria Rozsa, que não é bem-vista pelo regime. E nossos códigos, criados ainda durante os anos de nossa pequena guerrilha, são tão primários, que podemos dizer apenas algumas poucas coisas e, ainda assim, correndo riscos.

Então fico só com essa informação em forma de um telegrama mas repleto de palavras; é como se ela só tivesse me dado mesmo uma informação policial, científica: Imre morreu. Como se ela só tivesse dito o que se deve dizer, sem meandros, explicações nem preparação e eu fico só com a verdade; a única que interessa. O resto, as circunstâncias da morte, se ele sofreu ou não, se disse meu nome, se me perdoou, se chegou a fazer algo do que queria, eu não soube e talvez nunca venha a saber. Mas, Martim, que importância isso pode ter?

Posso inventar uma história honrosa, se quiser. Que ele distribuiu batatas, salvou algumas pessoas, ainda conseguiu organizar alguns encontros, matou ou sabotou alguns soldados soviéticos e até algum oficial de alta patente, namorou uma traidora e disse o meu nome quando estava deitado com ela. Que muitas mulheres se apaixonaram por ele, mas ele nunca podia me esquecer, a mim e a meu *szia*. Que ele, no fim da vida, compreendeu o que fiz ou então não, que, quanto mais pensava, mais ele me acusava. Está vendo? Em todas as versões que fabrico sobre o destino de Imre, sou eu a protagonista. E se ele tiver me esquecido completamente, se tiver se convencido de que não deveria, não podia e não queria mais pensar em mim? Ele seria bem capaz disso.

Fico apenas com os fatos. Um fato só, porque o nome Imre não existe mais. Fico só com o fato: morreu.

E agora, com a morte de Imre e minha mãe para sempre calada, só posso te dizer que a revolução inteira acabou. A morte de Imre é a derrota completa dessa pequena revolução e, se você quiser saber, Martim, de todas elas.

Do Céu, o tambor de um anjo enraivecido
Despertou a Terra triste,
Ao menos cem jovens enlouqueceram,
Ao menos cem estrelas se desprenderam,
Ao menos cem virgens se perderam:
Foi uma noite estranha,
Estranha,
*De verão.**

---

* *"Emlékezés egy nyár-éjszakára/ Az Égből dühödt angyal dobolt/ Riadót a szomorú Földre,/ Legalább száz ifjú bomolt,/ Legalább száz csillag lehullott,/ Legalább száz párta omolt:/ Különös, Különös nyár-éjszaka volt."*

17

Poderia começar esta avaliação anual dos serviços prestados pelo Jardim Botânico ao governo do estado de São Paulo da mesma forma como venho fazendo há sete anos, desde que assumi o cargo de diretor do Departamento de Pesquisas. Faço um relatório detalhado das novas espécies, saliento a importância que o Jardim Botânico tem obtido como centro de experiências de ponta, o que contribui para o renome do país entre os lugares que mais estimulam a pesquisa botânica no continente. Também deveria acrescentar que as experimentações com plantas capazes de se adaptar a lugares não nativos têm obtido resultados excelentes e que essa pesquisa, criada e coordenada por mim, mantém o país entre aqueles que mais colaboram para a expansão da botânica no mundo. Assim, garanto mais alguns anos para o meu cargo, satisfaço a universidade e o governo e também estendo a garantia aos funcionários que trabalham comigo.

Mas desta vez não vou fazer isso.

Um trabalho digno, uma opção política e um pequeno amor foram as escolhas que fiz bem cedo; desde a adolescência e nos primeiros anos do ginásio já tinha decidido que essa seria minha vida. Queria pouco e não haveria outra forma de conquistar o que sempre considerei o mais importante — o bem-estar social — se não fosse assim.

Nunca pensei em ter filhos; uma distribuição inútil de energia, que deveria ser utilizada para finalidades mais urgentes do que a satisfação de um capricho egoísta. Atualmente, acho esse discurso simplesmente infantil, ou uma maneira teórica e quase convincente que encontrei para não dizer a verdade: não *quero* ter filhos. Não tenho prontidão para educar e acolher um ser que sempre esteja em estado de necessidade. Sei conversar com meus pares, não tenho medo dos sacrifícios exigidos pela comunhão das ideias, mas essa espera permanente, esse estado histérico de entusiasmo com: "Olha, está engatinhando", "Olha, engordou duzentos gramas", "Veja como ele fala *gugu*", isso nunca me animou. Talvez também por isso nunca desejei algo além de um amor simples. Talvez soubesse que um amor apaixonado levaria inevitavelmente a um filho.

Agora, quando já passei do tempo em que se espera que um homem digno desse nome tenha estabelecido uma família, até começo a pensar na possibilidade de um filho, mas é como uma nuvem que só ameaça aparecer.

O principal motivo para eu não querer me tornar "pai" ou, pior, "marido" foram minhas escolhas políticas. Aderi ao comunismo sem processos de passagem, como faziam os outros jovens da minha idade. Nem cheguei a passar pelo socialismo — fui direto à raiz e com dezesseis anos me filiei ao Partido, em 1930. Desde então sempre soube o que queria — estudar ciência e não teoria, porque, para um adolescente comunista, naqueles anos a prática era mais importante do que o pensamento. Achava que, pela ciência, eu teria mais possibilidade de agir e que o comunismo era, mais do que uma ideologia, uma práxis e um modo de trabalho. Além do mais, nunca fui uma cabeça pensante — no máximo, sabia ouvir e compreender, mas não estabelecer relações e pensar a sociedade de forma global ou histórica. Era um bom assimilador de ideias e minha contribuição efetiva só poderia acontecer na prática. Não fui muito criativo — segui minhas preferências, a conveniência e o gosto pelas plantas e vim estudar ciências naturais em São Paulo.

Do estudo de botânica à especialização em orquídeas e daí a trabalhar no Jardim Botânico, e, uma vez no Jardim, de pesquisador a diretor, o processo foi razoavelmente rápido e fácil. Sou honesto, dedicado, assíduo, amistoso, concentrado e, dizem, justo. Tenho todas as qualidades desejáveis para um bom funcionário público, além, talvez, da mais importante: não sou ambicioso. O trabalho com as orquídeas, desde logo, serviu para mim como um tipo de exercício necessário de concentração e minúcia. De mais a mais, encarregado de pesquisar como algumas orquídeas brasileiras poderiam se adaptar a ambientes inóspitos, senti que esse trabalho seria uma contribuição científica do Brasil no exterior, que me permitiria fazer viagens para locais que eu queria conhecer e que eu teria contato com cientistas estrangeiros, mais capazes e informados do que eu.

O trabalho e a sua rotina — dez a doze horas por dia estudando orquídeas, ajudando a administrar o Jardim, fazendo reuniões, resolvendo problemas desde burocráticos a pessoais, pouco dinheiro e muitas necessidades, os projetos de atrair mais visitantes, as idas e vindas políticas — sempre significaram, acima de tudo, o cumprimento de um dever que acreditei, por muito tempo, manter comigo mesmo e com a sociedade (ela riria dessa palavra, eu sei, mas era essa mesmo a palavra que eu usava e, se não fosse pelos comentários maldosos que ela fazia, ainda usaria). Ainda que não atuando de forma diretamente política, eu não tinha do que me envergonhar. Ao contrário. Nas reuniões do Partido, todos me respeitavam, embora eu sempre falasse muito pouco. Minha qualidade principal era ser leal.

Martim é leal; em Martim se pode confiar; se for preciso realizar alguma missão importante, secreta e não muito perigosa, podem contar com Martim; se for preciso algum esconderijo, algum refúgio, Martim estará sempre disposto e disponível. Leal, para o Partido, era menos do que corajoso, líder, inteligente; mas, por outro lado, era mais do que somente faz-tudo ou submisso. Leal era mediano. E mediano, para mim, era o bastante. Em nome daquilo em que acreditei, ser mediano era ainda melhor do que ser muito e era mais coerente com o comunismo.

A verdade, pensando retrospectivamente, é que abri mão de minha carreira em nome de um ideal que sempre acreditei ser mais importante do que as aspirações individuais. Eu não somente acreditava no comunismo, mas achava que era preciso ser uma ferramenta.

O amor simples é somente mais um lado da mesma coisa. Para alguém que não passa de leal, que não deseja mais do que pouco para si mesmo e para seu lugar, como aceitar um grande amor, uma desmedida? Adaptei meus desejos afetivos às ideias e creio ter sido razoavelmente bem-sucedido, porque, até ela chegar (e sumir sem dizer nada), não tinha sentido falta disso a que chamam, em toda parte e de qualquer jeito, de amor.

Amor, para mim, era uma palavra. Uma invenção cujo efeito superava de longe seu significado. Pessoas desesperadas e histéricas pela suposta ausência de um nome e do que ele provoca: tremores, cegueira e pavores ou felicidade plena e suficiência. Não me interessava por esses extremos e, se via alguém acometido desses absurdos, me afastava, ou procurava fazer a pessoa voltar a si: "Desista; é só uma palavra". E, de alguma forma, eu sempre soube que as palavras têm mais efeitos nocivos do que as próprias coisas, mesmo quando as coisas são terríveis.

Eu não sentia falta disso. Estive com várias mulheres, quis ficar com algumas, mas nunca com muita intensidade ou certeza, e com outras só quis sexo ou companhia. Se elas começavam — e sempre começavam — a reclamar de falta de "amor" ou da falta do inevitável "eu te amo", eu imediatamente recuava e partia. Muitas me acusaram de não ter coragem de assumir compromissos; de covarde; muitas disseram que minha lealdade ao Partido deveria ter me ensinado um pouco mais sobre integridade pessoal, mas sempre achei que esses argumentos eram recriminações infantis causadas pelo abandono e, outra vez, pela quimera da palavra *amor*. Se quisessem ficar comigo, que aceitassem a ideia de que estar junto era o bife, a plantação de alecrim, a conversa sobre o filme *Vinhas da ira* e a atuação de Henry Fonda. Não queria o "amor" e suas exigências, suas atas de presença, sua necessidade de controle.

E, além de tudo, sabia, por experiência, que não encontraria uma mulher que, depois de um tempo, não quisesse ter filhos. Decidi, por isso, que seria sozinho; esporadicamente acompanhado, mas fundamentalmente sozinho, e que essa solidão era necessária para o Partido e para o meu trabalho.

A prática sempre foi minha única e frágil certeza. Queria integrar os pensamentos e os sentimentos a uma ação; em caso contrário, buscava ignorá-los, no que sempre fui razoavelmente bem-sucedido.

Esquecer é o que existe de mais fácil e é também o mais difícil. Para quem privilegia a ação, é até fácil esquecer os olhos de uma mulher que até ontem dizia te amar; por outro lado, é justamente essa facilidade que mais tarde se volta contra você. Como é possível tê-la esquecido? O que era mesmo que ela dizia, fazia, como era seu jeito de acariciar o seu pescoço enquanto você estudava um novo composto orgânico? Esquecer tem seu lado difícil, mas sempre o preferi às dificuldades de lembrar.

O fato de Írisz nunca querer (ou nunca demonstrar querer) que eu a amasse, que eu dissesse que a amava, que eu falasse sobre meus antigos amores, estreitou muito a nossa amizade. A ausência de discussões sobre o significado das coisas fez com que nós sempre agíssemos em lugar de pensar: cozinhando, passeando, olhando os dicionários, os livros de botânica, plantando, comparando palavras nas duas línguas, ensinando canções, ditados, lendo poemas e contando piadas que eram sempre engraçadas, principalmente porque eu não entendia as que ela contava e ela não entendia as minhas. "Você sabe como os alemães conseguiram invadir a Hungria com tanta facilidade? Eles entraram de costas e os húngaros pensaram que eles estivessem partindo." Ela ria, eu não entendia, ela não tinha paciência nem fôlego para me explicar, o que deixava tudo ainda mais engraçado. E era a mesma coisa quando eu contava uma piada típica de brasileiros. "O homem da cidade pergunta para o caipira: 'Se você tivesse seis aviões, você me dava um?'. 'Dava, é claro.' 'E se fossem seis carros?' 'Também dava.' 'E seis camisas?' 'Ah, daí eu não dava, não.' 'Mas por que os carros e os aviões você dava e as camisas, não?' 'Ah, porque seis camisas eu tenho!'" Ela só entendia um pouco e, por isso, ríamos e inventávamos nossas próprias piadas absurdas, ela inventando as brasileiras e eu as húngaras.

Nossa amizade aparentemente desinteressada, a tácita impossibilidade de que se criasse qualquer romance (ela era de Imre e eu o seu chefe e protetor), as condições da nossa vida — o fracasso da revolução, a fuga secreta, o heroísmo ou a covardia, a traição ou a lealdade, meu desencanto com o comunismo —, impediam o trânsito de algumas palavras e isso nos protegia de nós mesmos e de alguma aproximação física que pudesse comprometer nossa aliança. Era o melhor e o pior que cada um de nós podia oferecer ao outro e isso nos unia da forma mais real que já experimentei. Sozinho, à noite, eu cogitava a palavra, aquela, e me perguntava se estava apaixonado ou outra coisa. Sentia desejo e provavelmente também ela por mim; mas, de alguma forma misteriosa, era bom não realizá-lo e nem ao menos mencioná-lo. Com Írisz e suas narrativas, o amor morava só no mundo das histórias e senti-lo habitando entre nós era prazeroso. Realizar o desejo poderia, isso sim, corroer o que estávamos criando.

Nossa convivência não deixou lugar para nenhuma ausência — nem de Imre, nem da mãe dela, nem do meu passado, nem do futuro, nem do que poderia haver entre nós. A eventual nostalgia, minha ou dela, os medos e a solidão eram supridos por uma receita nova de bolo, uma orquídea recém-descoberta, uma notícia de jornal. Nossa amizade era a prova viva do que eu sempre havia defendido: não existe forma melhor de lidar com os problemas do que transformá-los em ação. Nada de falar diretamente sobre eles, porque o resultado é como morder o próprio rabo, do mesmo jeito como faziam nas reuniões do Partido. A partir do momento em que começavam a passar horas e horas discorrendo exaustivamente sobre algum conceito ou problematizando algum fracasso, eu me distraía, me cansava ou, nos momentos de maior disposição, me opunha. Falar e falar sobre as coisas só nos distancia cada vez mais, no tempo e no espaço. Meu trabalho com as plantas havia me ensinado as propriedades do tempo, maiores e mais potentes do que as ideias sobre ele.

Mas, desde que ela se foi — mesmo dizendo que voltaria —, desde o dia em que, mesmo antes de entrar em seu apartamento, eu já sabia que ela havia partido, essa continuidade que se construiu através das coisas, a textura aparentemente firme que existia nos nossos dias, começou a se desfazer como se por uma franja numa dobra de roupa. Esse fio solto foi se esticando e, aos poucos, revelou buracos de uma malha não muito bem tecida: era a ausência. Aquela que, quando tentamos preenchê-la, já vem com a palavra dentro, a que eu quero evitar: *amor*.

E na ausência das coisas, dela, passei a lembrar, sem conseguir esquecer, como achava que sabia fazer tão bem. Lembrei do cheiro, das sardas, dos dedos finos, da sobrancelha bem-feita, da espessura dos lábios, do sotaque carregado no *l*, do doce de papoula e da teimosia ridícula. Lembrei das palavras que ela começava a falar e desistia no meio, de como essas desistências vinham acompanhadas de um olhar perdido, logo compensado por um sorriso bobo ou um afastamento demorado, quando ela ia para recantos isolados do Jardim, onde ficava escondida por muito tempo, voltando então como se nada tivesse acontecido e contando novidades impensadas sobre alguma planta que poderíamos cultivar ou algum lugar que poderíamos conhecer.

E, como numa máquina que se autoalimenta, são as próprias lembranças que ativam um incômodo, uma inquietação, uma insônia, que, por sua vez, acionam mais lembranças, que então se confundem com o desejo, que avança em descontrole pelo corpo já imprestável, que se deixa levar e abater por sensações físicas desagradáveis e irresistíveis e tudo recomeça e culmina num lapso lido numa carta e daí não resta mais alternativa senão o sujeito aceitar e dizer, de si para si, rendido: eu a amo. E, uma vez articulada essa frase, uma vez que aquilo que era só uma palavra, para aquele homem havia tanto tempo protegido por essa ideia, uma vez que a palavra é dita, uma vez que é quase como se não fosse ele a dizê-la mas ela a se dizer através dele, então é como se ela deixasse de ser só palavra, como se ela se revelasse em toda a sua força monstruosa de terror e espanto e a pessoa finalmente entendesse: nunca tinha sentido aquilo.

Não preciso mais disfarçar as coisas como preocupação, proteção ou amizade. Ou dizer que, se ela voltar agora, essa fúria toda era só mais uma carta no jogo da minha desilusão política. Não tenho por que me preocupar tanto com ela; onde ela estiver, imagino que esteja segura. É adulta e, do seu jeito, madura.

Eu só a quero de volta aqui comigo, agora.

Sem querer, sem saber, imitei os relatórios de Írisz. Não disse nada do que deveria e não sei para quem, nem por quê, escrevi. Gostaria que o lessem, de preferência em voz alta, na Secretaria de Saúde Pública ou na Diretoria de Parques e Praças de São Paulo. Ou, melhor ainda, na próxima reunião do Partido. Queria que Sérgio, com a voz empostada que sempre assume ao ler as propostas de ação e conduta dos camaradas, dissesse, sério: "força monstruosa de terror e espanto" e todos se entreolhassem assustados e pensassem: Martim enlouqueceu ou Martim precisa de ajuda ou eu sempre desconfiei da integridade desse tal de Martim.

18

O movimento da Terra em torno de seu próprio eixo chama-se rotação e dura 24 horas. O movimento da Terra e de seu satélite ao redor do Sol, com duração de 365 dias e seis horas, chama-se translação. O movimento do satélite ao redor de seu planeta — no caso da Terra, a Lua —, com duração de aproximadamente 28 dias, chama-se revolução.

Essas sobras de seis horas a cada ano se juntam, ao cabo de quatro anos, compondo finalmente 24 horas e determinando o que se convencionou chamar de ano bissexto, com 366 dias. Nesses anos atípicos, o mês de fevereiro, normalmente com 28 dias, vai até o dia 29.

Entre esses três importantes movimentos astronômicos, existe, como em tudo, uma hierarquia, em que a translação ocupa o papel mais importante, já que todos os planetas do sistema solar realizam seu giro em torno do mesmo Sol, que os atrai. Os planetas também giram todos em torno de si mesmos, mas esse movimento é obviamente inferior, pois é submetido àquele primeiro.

Mesmo na condição de trajetória sublime, a translação ainda deixa restarem essas seis horas e os matemáticos e astrônomos precisaram criar um dia e um nome para encaixá-las: bissexto, uma condição estrangeira no calendário.

Se a translação é o movimento dos movimentos, a revolução é, entre os três, o menos nobre. Apenas um satélite em torno de seu planeta; uma duração aproximada, um calendário escuso, lunar, relegado a culturas também aproximativas, não racionais e mágicas. Dizem que as revoluções lunares determinam marés, humores e mulheres — líquidos e seres misteriosos, que, por natureza e pelo tratamento que receberam da cultura, devem se manter à margem, obtendo mais atenção da astrologia — uma linguagem — do que da astronomia — uma ciência.

A rotação e a translação não determinam comportamentos ou nada que se esconda. São movimentos amplos, abertos e comuns a todos os planetas. Das seis horas que sobram e de seu aspecto bissexto, que escapa, a ciência se ocupou, nomeou essas seis horas e enxertou-as no calendário convencional. Todos se acostumaram a esse dia, embora os nele nascidos se sintam inevitavelmente diferentes e condenados a ouvir chamarem de "bissexto" um fato ou acontecimento inusitado.

Ninguém sabe por que se resolveu aplicar a metáfora da revolução à ideia de profundas transformações políticas, sociais e históricas nas sociedades humanas. Ninguém sabe por que não se utilizaram as metáforas da rotação ou da translação, que poderiam ser mais contundentes. Mas é possível especular a esse respeito.

A revolução histórica é uma transformação radical, lenta ou súbita, de instituições existentes e vigentes.

Se essa transformação fosse operada pelas próprias instituições do poder, talvez a metáfora mais apropriada fosse a "rotação". Tudo giraria em torno do seu próprio eixo. Já se várias sociedades se transformassem, em tempos e com durações diferentes mas todas submetidas a um mesmo padrão e a um centro magnético superior, a metáfora correta talvez fosse a da "translação".

Mas as metáforas, por um caminho próprio, aparentemente autônomo e lúcido, escolhem seus destinos e objetos. Provavelmente por uma associação tácita da língua e dos falantes, de uma combinação capciosa entre significante e significado, coube à "revolução" — esse movimento menor do satélite em relação a seu planeta, esse percurso limítrofe entre ciência e magia — o papel de representar os movimentos de insatisfação humana.

A revolução contém a revolta, seu sinônimo escuso. Revolta é o mesmo que revolução, mas, no sentido metafórico, a precede. A primeira é a causa e a segunda, resultado. Às vezes, a causa leva à consequência, mas nem sempre isso acontece.

A revolta é um movimento de insurreição, de dentro para fora, de baixo para cima, incontido e incontível, entranhado e contagioso. Ninguém, até hoje, conseguiu descrevê-la ou decifrá-la, embora muitos tenham tentado. Ninguém entende o poder que ela exerce sobre os indivíduos e as multidões, sua origem precisa, seu percurso desde a gênese até sua manifestação. A revolta é misteriosa como as marés, os humores e as mulheres. Uma vez estabelecida, é preciso um mundo para detê-la, sob risco de nunca se obter sucesso, porque a revolta é viva e, mesmo se refreada, pode voltar, enigmaticamente.

Será que, se o movimento da Lua em torno da Terra tivesse recebido o nome de *revolta* e não de *revolução*, tudo seria diferente?

Ou será que, para realizar o necessário movimento de revolução em torno do planeta que o atrai, o satélite passa por um processo insustentável de revolta, uma sobra diária de energia que se acumula e o leva a girar?

Será que os movimentos celestes é que são metáforas das dinâmicas humanas e não o contrário, já que foram os humanos a observá-los e nomeá-los?

A revolta cresce à revelia e é um bálsamo que cura o medo. Um maremoto que arrebenta e leva consigo tudo de bom e de ruim, de certo e de errado, do que foi planejado e do que nunca se pensou. A revolta cria e destrói. Revela o desconhecido, oculta o que se conhece. Ela vem de um satélite subordinado à magnitude de um planeta, mas determina, nele, rumores internos, noturnos que, como se vindos do nada, se manifestam de súbito e poderosamente. A revolta arrebata a razão e a enovela, dobrando-a e dobrando-se, arrastando com ela suas medidas serenas, seu debruçar-se satisfeito sobre os papéis. Ela afasta e concentra. É um êxtase físico, uma descontenção muscular. Ela se alastra e se conecta com outras revoltas emudecidas, despertando-as. A revolta fala sem dizer; vê sem enxergar; ouve sem escutar, e se espalha como a água.

19

Não sei se isto é uma carta (como não sei nomear quase nada do que faço ou escrevo, você conhece meus relatórios), então escolhi não encabeçá-la com seu nome: Martim. Por outro lado, dou início a ela dizendo que está endereçada a você. Como é possível que alguém, já nas primeiras linhas de algo que nem sabe nomear, já tenha tantas incertezas?

Você quer mesmo continuar a ler? Não te aconselho; esse início já dá uma clara ideia da desordem que vai pela minha cabeça.

Mesmo assim continuo, porque acredito que você também vai continuar e porque preciso escrever, da sua escuta impossível, do que não sei se será escrito e que talvez possa me ajudar a compreender o que faço aqui, se haverá algum futuro, se é preciso pensar em algum futuro ou se basta eu me entranhar no presente.

Martim, eu não aprendi os tempos verbais. Já te expliquei como, em húngaro, eles são diferentes do português. A palavra *megértettem*, por exemplo, quer dizer tanto "eu compreendi" como "eu compreendia" ou "eu os fiz compreender". Você não compreende e acho que ninguém consegue, mas é assim que falamos e é assim que nos compreendemos. Você já sabe disso tudo e vai me pedir, exausto: Írisz, vá direto ao assunto.

Não aprendi os tempos verbais, porque em húngaro eles são esquisitos, bissextos. Pode ser que eu tenha *megértettem* — entendido —, mas eu não *megértettem* — eu não os fiz entender. Ou pode ser que eu tenha *megértettem* — os tenha feito entender —, mas eu mesma não tenha *megértettem* — entendido. Viu? É impossível saber a diferença.

Megértettem? Megértettem.

Ou:

Megértettem. Megértettem?

E então, porque o húngaro não define os tempos verbais como vocês, mas principalmente porque, por um lado, *anyu* quebrou o meu passado e, por outro, a revolução e os russos quebraram o meu futuro, eu só conheci o presente. Desde pequena, fiz dele o único tempo e ele se alargou a tal ponto que engoliu o passado, sem me dar direito a lembranças, saudades, nem mesmo a traumas. *Anyu* o expurgou dela e de mim, roubando-me o pai e com ele tudo o que vinha antes do hoje, e eu não me sentia no direito de me apegar nem às minhas próprias lembranças infantis: era como se, privada daquele passado, no buraco que meu pai ocupava com tanta força na parede da cozinha, no chão do quarto, no encontro entre os azulejos, nas maçanetas dos armários, nas cartas não abertas mas sempre ostensivamente escondidas, nos abraços secretos entre Imre e *anyu*, nas palavras sussurradas durante o sono, nas risadas emudecidas, nas roupas guardadas no armário, nas palavras que se ouviam tão claramente quanto mais eram caladas, não sobrasse espaço para mais nenhuma memória. A memória tinha sido sequestrada por um único personagem que a detinha — mesmo sem sabê-lo e sem poder fazer nada contra isso — e que, por isso, impedia a passagem das demais lembranças. Eu perdi o direito de lembrar, porque me doía, porque *anyu* não queria e porque, sozinha, aprendi a não fazê-lo. Aprendi a conveniência triste do esquecimento.

O presente é tão autossuficiente, Martim, você sabe, você e suas ideias políticas, também elas agora rachadas. No presente cabe tudo; ele engole e devolve as coisas com fome e excesso, prazer e urgência. É essa mesma urgência do presente que preenche tudo: os medos, as dúvidas e as dificuldades. Preciso fazer, preciso fazer, preciso fazer. Ou então, simplesmente, quero e mais quero e mais quero. Não importa, preciso ou quero, o presente supre. E foi assim que vivi. Com *anyu*, cozinhando, estudando, respeitando seus doces e suas árias. Depois, ajudando Imre a organizar o sonho da revolução — que agora eu sei que é como um trauma programado para o futuro mas que, na época, era um sonho e, como todos eles, uma jornada no presente, que tanto mais nos preenchia quanto mais proibida e difícil ficava. Sabíamos, pela urgência e pelo amor com que fazíamos tudo e pela cumplicidade que tínhamos uns com os outros, que a revolução daria certo — esse era nosso futuro do pretérito.

Depois, Martim, ao longo das duas semanas de duração de nossa revolta pobre e maravilhosa, que um dia resolveram chamar de revolução — e que, mesmo tendo fracassado, foi a nossa verdadeira revolução —, aí então o passado tinha definitivamente sido enterrado. Você sabia que, todos juntos, furamos nossas bandeiras e caminhávamos pelas ruas empunhando bandeiras furadas, porque uma manifestante, sozinha, resolveu cortar a estrela soviética e, instantaneamente, todos a seguiram? Como isso nos dava força! Carregar essa bandeira esburacada era mais forte do que carregar bandeiras intactas! Era o fim possível não só da presença soviética na Hungria, como também da presença nazista, de anos atrás e até do Império Austro-Húngaro, de outro século. Ou você acha que era à toa que entoávamos os poemas de Petöfi? "Até hoje fomos escravos. Nossos antepassados escravos que livremente viveram e morreram em solo de escravos não po-

dem mais descansar." "Ao Deus dos húngaros te juramos.
E juramos que jamais voltaremos a ser escravos."*

O presente desses dias pisoteou o passado e absorveu
o futuro. Já fazíamos assembleias para decidir os ministérios
da Educação, do Abastecimento, da Agricultura e da Habitação, e Imre andava eufórico por todos os lados; fumava
sem parar, cantava em voz alta, não dormia, telefonava,
passava a noite distribuindo comida, verificando a carga dos
caminhões, ajudando a averiguar a circulação dos armamentos, a adesão da polícia, as notícias cada vez mais numerosas e otimistas. Ele tinha certeza, como sempre teve
em tudo o que fez, de que a Hungria seria nossa. Nunca vi
tamanho desprendimento e energia reunidos numa mesma
pessoa, Martim.

Imre não ponderava sobre o passado. É claro que, para
um espírito revolucionário como o dele, o passado passou.
Em certo sentido, nisso como em outras coisas, ele era como
anyu. O tempo, como a comida, como a vida, é uma coisa
prática: cada dia que passa acabou. Vamos para o seguinte.

Mas preciso te dizer que mesmo nesses dias plenos da
revolução, em que eu vivi para ela e por ela, para Imre e
pelo presente, alguma coisa, eu lembro, dormia sob minhas
pálpebras, na dobra dos cotovelos, embaixo das axilas. Eram
desconfianças pequenas, mas múltiplas: minha mãe cada vez
mais doente, as palavras secretas que ela trocava com Imre,
as desconversas dele comigo e o excesso de boas notícias
vindas de toda parte, anunciando cada nova vitória, a partida dos principais ministros para Moscou e a iminente reto-

---

* Nemzeti Dal: *"Rabok voltunk mostanáig,/ Kárhozottak ősapáink,/ Kik szabadon éltek-haltak,/ Szolgaföldben nem nyughatnak./ A magyarok Istenére/ Esküszünk,/ Esküszünk, hogy rabok tovább/ Nem leszünk!"*.

mada do poder por Nagy. O passado esburacado que eu tinha vivido não me permitia acreditar tanto no presente.

É claro que não sabíamos — e sei que Imre jamais se perdoou por não ter desconfiado — que os tanques soviéticos tinham recebido ordens de não reagir. Por isso, cada rua que ocupávamos era uma falsa conquista, que nós, ridículos, comemorávamos.

Foi isso. O resto você já sabe.

Aceitei o primeiro convite que Rozsa, milagrosamente, e em detrimento dela mesma, conseguiu para mim e vim para cá, onde, com você e com as orquídeas, mais uma vez abracei o presente.

Cuidar de plantas — isso você compartilha comigo — sempre foi uma forma de entender o agora. Nada tem a verdade temporal das plantas e, para cuidar delas, só é necessária mesmo uma única qualidade: respeitar o tempo. E com as orquídeas ainda mais do que com todas as outras. Além de tudo, aqui, com você e com elas, havia o desejo e a necessidade de aprender o português e, com ele, com cada palavra e frase nova que eu dominava, um novo lugar, um ônibus, uma pessoa, um ditado.

Orquídeas, você e a língua. Para que eu precisaria de passado e de futuro?

Eu achava que não precisaria, mas não adianta, Martim. Esses calos que dormem na noz-moscada do doce de papoula, nas varizes que ainda não despontaram, na água que ainda não se salinizou — esses calos são teimosos, além de tímidos. Não se percebem, mas, numa mordida mais forte que você dá no doce, num movimento mais brusco com as pernas, você sem querer nota que a noz está dura, o doce estragou e as varizes doem. O passado volta, Martim. Por quê, eu não sei. Porque ele quer ou porque nós queremos; porque o chamamos ou porque alguém o convoca. Porque ele não quis ficar lá solitário, perdido em outro tempo e quis acompanhar o futuro que ele não teve ou que queria ter tido. E o futuro daquele passado esquecido somos nós, aqui e agora, sou eu. Eu sou o futuro que Ignác não teve, e ele voltou.

Alguns dias antes de desaparecer sem dar nenhuma satisfação, Martim, recebi uma carta, diferente de todas as outras. Não tinha remetente. Um envelope de outra cor, com outro formato e outra letra. Não era de Rozsa, nem de ninguém conhecido, mas vinha de Budapeste. Também não era do sanatório onde *anyu* está internada, meu primeiro temor. Eles não deixariam de pôr o remetente. Minha primeira desconfiança e receio era que fosse alguma notícia sobre Imre — seu paradeiro, um pedido de socorro, uma ameaça. A ausência do remetente me fez pensar nessa possibilidade, que me parecia a mais plausível. Por isso, fiquei alguns dias guardando aquele envelope, sem ter coragem de abri-lo. E se fosse uma ameaça? Isso poderia me incriminar e a Imre, a Rozsa ou até mesmo a você. Eu saberia alguma coisa que não deveria saber. Poderia ser paranoia, a revolução estava longe, não havia nada de tão secreto que, a essa altura da vida, eu ainda soubesse e que pudesse me comprometer ou a alguém.

Poderia ser também algum pedido secreto de socorro de Imre ou de algum amigo, por isso a ausência de dados. Nesse caso me interessaria abrir aquele envelope? Eu teria como, eu queria ajudá-lo ou a qualquer pessoa, aqui no Brasil? Não sabia dizer, mas, ao mesmo tempo, uma moral antiga e arraigada, contra a qual eu aprendi que preciso lutar, falava mais alto do que minhas deliberações e me dizia que, se havia um pedido de ajuda, eu não poderia recusar. Se alguém da Hungria estivesse precisando de mim, eu deveria abrir mão até da minha própria vida para ajudar, mesmo um total desconhecido.

Mas como isso era possível? Eu tinha abandonado Imre e minha mãe na Hungria, quando talvez mais pudesse fazer algo por eles, no lugar mais apropriado, e agora me dispunha a fazer o impossível por alguém que não conhecia? Você pode achar que esse sentimento era uma forma de aplacar alguma culpa; absolver a mim e à nossa revolução falida, ou melhor, à minha revolução mais falida do que a húngara, porque eu me sentia responsável por ter desconfiado de seu sucesso. Como somos tontos e onipotentes, Martim! Você acredita que, em meio aos tanques soviéticos, em meio ao desastre de que nos demos conta quando eles entraram matando em Budapeste, eu ainda pude — vergonha, terror — sentir uma pontada mínima de orgulho porque eu já sabia que tudo tinha sido armado para nós? Penso que Imre soube dessa ambiguidade e foi por ela que nunca me perdoou e permitiu que meu *szia* quisesse dizer apenas "tchau" e não "oi".

Mesmo assim, acho que não era a culpa que me fazia pensar em correr qualquer risco para abrir aquele envelope, encontrar um pedido de ajuda e, a partir daí, fazer tudo para ajudar quem quer que me pedisse. Talvez fosse uma forma de estar mais perto de Imre, da revolução e do passado. Em meio à tragédia, tomamos decisões mais corajosas do que somos capazes em situações de paz. Somos mais crus ou quem sabe egoístas, como sei que fui. Mas aqui no

Brasil, quatro anos depois, em circunstâncias mais tranquilas, tornamo-nos novamente fracos e queremos ajudar.

Mas poderia ser uma carta do próprio Imre. E, nesse caso, eu também não sabia se deveria ou não abrir. Poderia livrar-me daquele envelope, que talvez anunciasse o fim de tudo o que eu havia conquistado nesses quatro anos. Imre poderia ter sido salvo e avisado, por Rozsa, sobre meu paradeiro. E era exatamente seu perfil não colocar nenhuma informação no espaço do remetente. Me deixar curiosa, me surpreender e desarmar, como ele fazia com tudo, desde a ação política até o sexo — e era isso que tanto me prendia mas também me afastava. Não era humanamente suportável viver sob a pressão de tantas surpresas.

Guardei o envelope por alguns dias. Carregava-o na bolsa, levava-o comigo para o banheiro do Jardim e ficava analisando o papel, a letra, a cor, a textura, o carimbo. Tantas vezes pensei em jogá-lo na privada, queimá-lo, não sei, Martim. Você percebeu que eu estava estranha. Não conseguia mais dormir nem falar direito e não podia contar a você nem a ninguém o que estava acontecendo. Por que Rozsa teria dito meu endereço para alguém que não se dignava a escrever o próprio nome e que, por isso, me punha em perigo? Só Imre teria essa ascendência sobre ela ou alguém contra quem ela não podia fazer nada.

Nesses dias vivi com medo. Temi ir embora daqui, do Brasil, temi pôr você em risco, a mim mesma, a Imre, a Rozsa e a alguém que estivesse precisando. Mas temia também não arriscar e, mais uma vez, recuar. Temi que, se a carta fosse mesmo de Imre, ele certamente estaria me convocando a voltar e que eu, uma vez lida a carta, não conseguiria resistir. E isso eu não queria (ou queria, talvez fosse o que mais queria). O que seria de mim, de volta à Hungria, sem você e as orquídeas, sem os tempos verbais do português? O que seria de mim de novo com Imre, num país dominado pelos soviéticos, onde os passos de todos eram seguidos, onde Imre e consequentemente eu seríamos para sempre vigiados e denunciados? Qual seria meu emprego? Trabalhar como Rozsa, vendendo bugigangas no mercado paralelo, cozinhando para os soldados russos, cuidando dos jardins da alta patente soviética e sofrendo humilhações e brincadeiras sobre nosso fracasso? Onde estaria aquele soldado siberiano que achou que estivesse no polo Norte? Agora, pode ser que ele seja um coronel, tenha uma sala em algum palácio húngaro e esteja dando ordens inúteis atrás de uma mesa com tampo de mármore.

Mas eu poderia, por outro lado, visitar *anyu* sempre que quisesse, ter certeza de que ela estaria bem. Poderia reencontrar meus amigos e estar com Imre.

Para que tudo isso? Mamãe não estaria bem, nunca. Eu não tinha amigos e estar com Imre seria ter de me justificar e não quero me justificar por nada. Se não há justificativa, esta é a explicação e não quero outra. Não quero respostas ou desculpas para o que fiz, mas também não quero acusações. Bastam as minhas e com elas, mal ou bem, aprendi a lidar.

Mesmo assim, eu sabia que acabaria abrindo aquele envelope. Que o adiamento só me fazia sentir forte e esperta, coisas que não sou. Num rompante de medo e excitação, no meio da madrugada, em casa, depois de uma noite em que você saiu de casa com uma expressão estranha e triste no rosto, eu finalmente o abri e instantaneamente soube, sem precisar ler nem a primeira palavra, que a carta era de Ignác e que ele não tinha escrito seu nome no remetente temendo que, se eu o visse, me recusasse a abri-la.

Nada. Nenhuma explicação: nem sobre o desaparecimento, nem sobre seu paradeiro durante todos esses anos ou como tinha me descoberto aqui no Brasil. Me perguntou se eu ainda tenho cabelos loiros, se ainda gosto de matemática, se ainda prefiro as vogais às consoantes e se já sei pronunciar os nomes dos bichos e das cores. De que cor eu mais gosto e se aprendi a fazer os doces de *anyu*. Se no Brasil faz sol todos os dias do ano e se, por isso, eu não tinha me tornado uma mulata e que, se fosse assim, eu seria a primeira mulata húngara do mundo. Uma mulata cor-de-rosa, a cor da pele húngara. Se cuidar de flores era bom, o que são orquídeas e para eu ensiná-lo a encontrá-las em Budapeste. Um único lapso, não sei se proposital: "Írisz, cuidar de orquídeas é um alívio, uma distração, um trabalho, um perdão?". E nada além dessa palavra — *perdão* — para me localizar em algum tempo e espaço, para me ajudar a entender essa aparição depois de vinte e seis anos.

Nada sobre: para onde ele foi; por quê; como me descobriu; por que voltou; o que queria.

Somente, no final: "Aluguei um apartamento na cidade de Santos, aonde chega o navio, no dia 4 de julho de 1960. Espero você".

Como ele podia ser tão ousado, descarado, cara de pau, metido, falso, hipócrita, presunçoso? Como podia achar que eu iria encontrá-lo assim, sem satisfações, pedidos de desculpas, um lapso provavelmente acidental no meio de uma carta cheia de banalidades e perguntas que me soavam mais como ironia do que como saudades? Como ele achava que podia se aproximar de mim com tanta intimidade, se não sabia quem eu era? Por que achava que eu leria tudo aquilo, essas perguntas e observações frívolas sobre assunto nenhum, com algum resto de inocência? Por acaso ele teria coragem de achar que eu era uma pessoa, não sei, *doce*, essa palavra que só serve para amenizar maus sentimentos, amaciar a verdade? Não sou doce, não aceito perguntas vazias, quando elas vêm carregadas de segundas intenções, como era o caso. Só sei praticar a ternura raramente — se sinto que nada está sendo pedido em troca; talvez só com os animais, as orquídeas e, desculpe, com você, Martim.

Mas o convite de Ignác era uma ordem. Eu não podia, mesmo se quisesse, recusá-lo. As perguntas inocentes, compreendi depois, eram como uma estratégia, mesmo que inconsciente. Ele me prendia pelo reconhecimento; ele era ele mesmo e eu, vista assim pelos olhos de quem me viu muito criança, era mesmo eu. Mais eu do que jamais tinha sido. Além do mais, a banalidade da carta dava mais força à frase final, tornava-a autoritária. O silêncio sobre as razões da fuga e a falta de informações sobre seu paradeiro tornavam tudo misterioso e inescapável. Ele me jogava numa missão secreta e, não sei como, isso ele sabia que eu jamais recusaria. Não posso deixar de participar de uma narrativa romanesca, que nesse caso é minha vida, mas não importa. Meu pai me convidava a uma trama e agia dessa forma ridícula, mas não resisto a enredos rocambolescos, não resisto a transformar a vida numa história, você sabe; preciso — e parece que ele também e talvez tenha sido dele que herdei essa necessidade e nunca de *anyu*, porque ela não só detesta como rejeita as histórias — ser uma personagem do que eu mesma vivo e minha vida só facilitou que fosse assim e então só o que fiz, nos dias que antecederam o 4 de julho, foi transformar meus dias em histórias.

Comer fazia parte de uma trama; andar; pegar o ônibus; cuidar das orquídeas; conversar com você e com os outros. Tudo perdeu a naturalidade e se transformou num enredo que eu construía e ao qual acrescentava falas e cenários. Vivi num mundo de irrealidade onde os outros eram figurantes e onde o desfecho já estava programado, como nessas novelas de rádio que vocês gostam de ouvir. A mocinha fugitiva reencontraria o pai desaparecido. Era ridículo e bom que fosse ridículo e previsível. Eu me sentia capaz até de comprar um vestido cor-de-rosa com laçarotes e ensaiar canções brasileiras e antigas canções húngaras para impressioná-lo. Comprei maquiagem nova, ensaiei novos penteados em frente do espelho, media meu corpo, imaginava todas as frases que diria e que ouviria e me sentia privilegiada como uma princesa de conto de fadas. Tudo isso para em seguida — ainda como nos romances aguados — me atirar de raiva na cama, arremessar os livros das prateleiras, me sentir uma traidora de *anyu* e de Imre e me culpar pelo entusiasmo. Eu deveria desprezá-lo, a ele e àquela carta e, se eu tinha conseguido abandonar a Hungria, com tudo e todos que havia lá dentro, como eu não me sentia suficientemente forte para abandonar Ignác e rejeitá-lo? Por que ele, sem nenhum poder de me culpar por nada, tinha tanta ascendência sobre mim?

Por que eu aceitaria aquela ordem?

Porque sim.

Porque não precisava da lógica para justificar nada. Porque era o que eu precisava, ou queria.

E por que eu precisava?

Mas quem está me perguntando isso? Eu ou você? Sou eu que estou colocando essa pergunta em sua boca ou você realmente me perguntaria isso?

Você nunca me acusaria por eu ter vindo encontrá-lo. Se eu tivesse te contado sobre a carta, você seria o primeiro a me dizer que viesse e até se ofereceria para vir junto e foi por isso que não te contei nada. Essa decisão precisava ser somente minha. E não posso negar que o jeito como ele se referiu a mim, com aquelas perguntas sobre vogais e consoantes, as músicas húngaras e os nomes das cores e dos bichos, embora me irritasse, era a forma mais acertada. Era sobre isso que eu queria conversar com ele e isso só poderia acontecer entre nós dois. Não queria falar de *anyu*, da revolução frustrada, de onde ele esteve e por que tudo tinha acontecido. O pulo para o perdão, que ele disfarçadamente pedia e intuiu, passando por cima dos anos, viria dessa forma, falando de amenidades.

Assim o passado voltou e agora preenche o presente como o recheio do doce de papoula. Já não sei mais que ele faz parte de outra época e não me importo com isso. Ignác me ensina árias de óperas, a jogar xadrez, catamos conchas na praia e cultivamos uma pequena horta. Ele não entende nada de plantas e eu nada de números, sua especialidade. Ele desenha pontes, pilares, eixos, escadas, colunas e calcula vãos e estruturas. Me mostra papéis e mais papéis dobrados milimetricamente, cheios de tabelas e algarismos, legendas e cálculos. E eu que não sei nem ler um mapa, me perco olhando a quantidade de rubricas e planos frontais e laterais, que ele tem infinita paciência em me explicar detalhadamente, até que eu me canse e ele desista. No dia seguinte ele recomeça e eu me apronto entusiasmada, para outra vez me entediar em menos de meia hora. Mas ele, ao contrário, aprende rápido e quer saber cada vez mais sobre raízes, preparo de compostos, tempo de plantio e de colheita e sobre as especificidades do clima brasileiro, comparado ao húngaro e ao europeu. Quer entender como o calor age sobre o solo e sobre a planta em fase de crescimento, como fazer para identificar orquídeas e quer excursionar comigo pelo interior da floresta da serra do Mar, para ver se juntos conseguimos descobrir novas espécies. Cultivamos salsa, alecrim e manjericão em pequenos canteiros na varanda e ele fica olhando diariamente, podando e aguando, tocando e cheirando, para ver se descobre, por esse contato, o que é a alma deste país que ele não entende mas que quer amar.

Quase não falamos sobre o passado — recente ou distante. Mal sei o que ele faz, por que foi embora e ele quase não pergunta sobre *anyu* ou sobre a Hungria, meus anos passados lá e principalmente sobre a nossa revolução. Vamos falando por pistas, alguns códigos e palavras entremeadas nas conversas sobre outros assuntos e nos conhecendo e entendendo, por restos de frases, gestos ocultos, como prepararmos juntos uma receita antiga ou cantarmos juntos uma canção da minha infância:

Cozinhei ervilha,
salguei bem
e também papriquei.
Corre, Abel, corre, Babel!

Ou ainda:

Para o pastor a coisa vai bem:
De uma colina a outra
Fica pastoreando seu rebanho,
De uma colina a outra
Ele passa, soprando a charamela.
Vive seu mundo sem tristezas.

É assim, Martim. Faço com ele coisas parecidas com aquelas que faço com você, mas é claro que, com ele, não preciso traduzir. Depois de quatro anos de explicações contínuas, para todas as pessoas que encontro e conheço, para os amigos (que nunca são mesmo amigos porque a amizade tem relação com a língua, a não ser com você), para as pessoas na rua, para Rozsa, para Imre e *anyu*, mas, principalmente e todos os dias, para mim mesma, estou com alguém para quem elas são desnecessárias, ao menos por enquanto. Não precisamos desdobrar nada, nenhuma palavra e nenhum assunto. Nos entendemos pelos gestos, como duas pessoas que falam a mesma língua absurda, que é o húngaro, e se reencontram depois de tanto tempo. Tudo o que temos agora é essa língua e suas infinitas possibilidades e isso é suficiente para nós por enquanto. O húngaro supre nossas lacunas e fala por nós mais do que podemos, ou queremos, dizer.

E dessa forma, Martim, também o futuro, além do passado, ficou, mais uma vez, afastado pela força do presente. Eu, que, desde que cheguei ao Brasil, nunca soube o que aconteceria no dia seguinte, jamais quis adivinhar quanto tempo ficaria, se encontraria outra pessoa, se voltaria para a Hungria, se os russos sairiam de lá, agora sei ainda menos.

Sinto que estou invadindo sua vida, que te fiz se tornar responsável por algo que não te cabe, não foi planejado e caiu bruscamente sobre as suas costas. Você é generoso e gentil por natureza, eu sou muito dedicada e efetivamente te ajudo no Jardim, mas também sou perfeitamente substituível e meu conhecimento não acrescenta nada às suas pesquisas e pode até atrapalhar seu crescimento profissional. Eu te requisito demais, te trago notícias de um mundo que você preferiria não conhecer, porque ele só corrói ainda mais as convicções que você já perdeu. Sou uma pedra maciça de realidade, por mais sonhadora e louca que seja, já que sou a própria falência da sua utopia. Ninguém, como você, sabe da impossibilidade de continuar acreditando naquele sonho, depois do que aconteceu em Budapeste. Você não precisaria da minha presença física para decidir que caminho escolher daqui para a frente. Você não é como eu. O futuro é só o dia seguinte e a decepção é parte de um jogo político, não pessoal. Se aquele comunismo em que você acreditava falhou, é apenas porque precisa de ajustes. Uma perda não vai te fazer passar para o lado oposto nem te fazer abandonar a militância. Você simplesmente vai ajudar a formar um novo grupo, mais moderado, vai se filiar a ele e passar a trabalhar outra vez por ideais um pouco menos extremos. Eu sei. Você não é como Imre, claro que no bom sentido. Você é mais lúcido e mais real.

E eu apareci como uma bomba sobre os seus dias, com doces de papoula, palacintas, flexões dos verbos, barulhos de bichos e proparoxítonas. Enchi de bobagens sua rotina, te fiz assumir um compromisso com minha loucura e carência e, apesar de nossas risadas e brincadeiras, trouxe para cá um fardo insustentável de fatos. Eu sou um fato, Martim. Mais do que uma pessoa, uma botânica, uma amiga, eu sou um fato: uma fugitiva convidada. Uma falsa fugitiva, uma exilada sem exílio, estrangeira culpada que finge ser inocente. Você não precisa disso. Não precisa da minha falta de futuro e de passado, das minhas não explicações ou das minhas brincadeiras sem graça. Às vezes, quando te pego despercebido, enquanto conversamos ou cozinhamos, vejo que você me olha com curiosidade, afeição e tristeza, mas também já entrevi um olhar de desejo. Não posso afirmar isso e não sei te dizer se o que vejo está em você ou em mim. Não tenho tanta experiência nesse assunto, mas penso que vi esse anseio. Você nunca insinuaria nada que pudesse me constranger.

Se esse olhar existe, Martim, o que eu posso te dizer?

Também já te olhei dessa forma, mas concluí que isso é inevitável, porque somos uma mulher e um homem, estamos tão próximos e o desejo sempre acaba surgindo, ainda mais com alguém como você. Toda vez que me flagrei sentindo alguma coisa ou achei ter percebido algo em você, me culpei ainda mais, achando que, além de te sobrecarregar com minha história e minha ignorância, ainda fantasio sobre seu desejo. Sou uma louca manipuladora. Ou então sou só ingênua e é claro que nada disso existe, você tem os seus casos, sua intimidade, e não me cabe, além do que você já me dá, querer adivinhar mais sobre a sua vida. Você é um lobo dedicado ao Jardim, que comanda como ninguém, e você consegue separar a vida pessoal das suas obrigações, entre as quais eu me incluo, porque você é um homem de princípios e porque eu represento um lugar a que você se sente apegado por questões éticas e políticas.

Ou então não. Desisto das considerações pragmáticas ou autocríticas e acredito que você é o homem de quem eu preciso, que vai me fazer esquecer de Imre e da minha culpa/não culpa, que vai me amar da forma serena como deve ser o amor e a quem eu vou amar com maturidade. Você vai me ensinar que o amor é desejo e amizade.

Ou será que você vai se revelar um apaixonado completo, enlouquecido, com uma contenção proporcional à sua loucura? Será que poderíamos fazer amor no Jardim, na cozinha, no elevador, nos provadores do Mappin?

Desculpe, Martim. Devo estar mais louca do que já sou. Só me senti à vontade para te escrever essas coisas porque estou distante e só te mando esta carta, com tantas coisas impensáveis, porque quero atravessar um buraco que eu mesma cavei: entre mim e o mundo, a Hungria, o Brasil, o tempo e também entre nós dois.

Preciso rasgar alguma coisa, por cima da polidez, mesmo que isso nos custe nossa amizade, a coisa mais preciosa que me aconteceu nos últimos quatro anos. Não sei por que tenho essa urgência de estragar, sabotar e transformar as coisas que a vida me oferece. Você me trouxe sua lealdade? Preciso virá-la do avesso, combiná-la de todos os jeitos possíveis e impossíveis, até ela se desfazer e revelar os pontos falhos. Preciso do grito que ameaça o silêncio, do soco que desfaz a serenidade que você me dá. Por quê? Porque não suporto o bem-estar que sinto não merecer. Porque, depois de tudo o que fiz com Imre, com *anyu* e com a Hungria, não é com tanta facilidade que vou permitir que a vida me presenteie com a sua amizade.

Eu que me vire e, infelizmente, você que se vire também.

20

"Orquídeas", "São Paulo", "Írisz", "Vá atrás dela", "Ela vai te perdoar", "Eu não pude", "Ela não sabe de nada". Ela ficava repetindo isso enquanto acariciava o meu rosto; daí ela me afastava e ficava cantando pedaços das nossas árias favoritas, gritava, ria e, de repente, ficava muda que nem um peixe. Dizia o meu nome e o do Imre, trocando as letras, me chamando pelo nome dele ou o contrário: Ignácimre, Imreignác, Mregnác, Ignácignác, como uma menina. Parecia até você quando criança. As enfermeiras não viam tanta agitação fazia muito tempo e, de repente, ela parecia ter um tipo de surto, dizendo que sabia o que estava acontecendo com ela, que lugar era aquele, que queria ir embora, que o problema já tinha passado e que ela podia dizer um por um os nomes de todo mundo. De uma hora para outra, parecia possível que ela tivesse mesmo se curado, mas logo voltava tudo. As coitadas das enfermeiras não entendiam nada e ficavam perdidas, pedindo ou que eu fosse embora ou que voltasse mais vezes. Eu levava doces, todas as comidas que ela mais gostava e ela comia sorrindo. Só ficava me pedindo para eu chegar mais perto e acariciava as minhas bochechas, como se eu fosse um filho pequeno — e olha, para falar a verdade, acho que eu sempre fui isso mesmo. Ou então ela disparava falando, dizendo coisas sem nexo, misturando as memórias e os fatos, mas sempre insistindo nesses dois nomes, o meu e do Imre. E, de vez em quando, o seu: Írisz, Írisz, Írisz ou então aqueles apelidos que eu te dava quando nós morávamos juntos: Írinka, Írilinka, Írilich.

Eu não sabia com quem falar para descobrir onde você estava. Na nossa antiga casa está morando um destacamento do exército russo, e eles transformaram aquilo num depósito de farinha, acredita? Quando eu cheguei, fiquei com medo de me apresentar, falar o seu nome ou o dela, mas um dos soldados me disse em segredo que você tinha mesmo vindo para o Brasil. Então a Eszter tinha razão; eu já sabia que, mesmo que tudo aquilo parecesse delírio, aquelas palavras que ela falava, aquela lenga-lenga, não podiam ter vindo do nada; você devia ter contado para ela tudo o que você ia fazer, mesmo achando que ela não entenderia.

Procurei pelo Imre, mas não consegui descobrir nada, informação nenhuma. Andei pelas casas de todos os conhecidos de quem eu lembrava e eles só sabiam me dizer o que eu já sabia, ou então estavam com medo de abrir a boca. Que ela estava no hospital, que você tinha sumido sem deixar pistas e que eles não queriam mais falar daquele assunto nem de quase nenhum outro. Tudo tinha acontecido fazia tão pouco tempo, mas também era como se fosse muito e ninguém queria se lembrar de nada, ninguém tinha por que falar; o que tinha acontecido, tinha acontecido, acabado e, se você quiser saber, para muita gente tinha sido até melhor. Eles me perguntavam o que seria da Hungria nas mãos daqueles malucos revolucionários que não tinham a menor ideia do que fosse a realidade, a tal da "conjuntura" de um país inteiro, corrupto desde a raiz e sempre lambendo as botas de poderes muito superiores. O que seria de um país com a insignificância da Hungria no mapa político da Europa? O nosso destino não tinha sido sempre se submeter? Por que agora seria diferente? Aqueles doidos empunhando aquelas bandeiras furadas achavam o quê? Que os russos sairiam calados, de cabeça baixa, pedindo desculpas e humilhados pela nossa população ingênua, que achava que com palavras de ordem e um monte de armas caducas, com o falso apoio de um exército sem alma, derrotaria centenas de tanques e milhares de metralhadoras? E os Estados Unidos, a França, a Inglaterra, a ONU, os únicos que poderiam ter ajudado, tinham feito o quê? O resto da Europa tinha feito o quê? O que realmente importava para todos esses países naquela época, era, na verdade, o canal de Suez, porque isso sim tinha interesse estratégico e econômico e não um paiseco do Leste da Europa, sem nenhuma perspectiva de lucro para ninguém. Eu ficava insistindo, pedia informações concretas, nomes e datas. Eu não estava interessado em ficar analisando a história. Minhas opiniões sempre foram muito claras e não eram esses covardes que iam me fazer mudar de ideia. Eu não podia me perdoar por não ter participado de verdade dessa revolta, mas pelo menos eu tinha feito alguma coisa e o Imre, esse desconhecido que eu nunca consegui identificar direito, que durante aquelas semanas eu nunca soube muito bem quem era mas que eu desconfiava do fundo da minha alma de pai que fosse o seu companheiro — o que me dava muito orgulho, para te dizer a verdade —, ele tinha me ajudado e eu queria acreditar que eu também tivesse colaborado um pouco com ele e com aquele entusiasmo que contagiava e que me fazia lembrar de mim mesmo quando eu era mais jovem. Dizem por aí que as histórias se repetem. Você acha isso também, Írisz?

Quando tudo começou em Budapeste e as informações chegavam confusas a Bucareste, pelo rádio, pelos amigos que participavam de grupos clandestinos na Romênia e na Hungria, eu fiquei desesperado e escrevi imediatamente para a sua mãe. Eu queria saber o que estava acontecendo, participar, pedi que ela esquecesse só por uma vez tudo o que tinha acontecido entre nós dois, nós três, que aquele momento era diferente, era uma emergência e que estávamos próximos da realização do nosso sonho, a Hungria livre, e que ela me desse o direito de ter notícias dela, suas, pelo menos suas e que, pelo amor de Deus, ela abandonasse aquele orgulho e me deixasse ajudar, porque eu podia. Eu estava longe e isso podia ser uma vantagem, uma oportunidade, eu conhecia vários grupos revolucionários em Bucareste e talvez pudesse fazer alguma coisa impossível para quem estava no meio da confusão. Eu me dispus a tudo, a qualquer sacrifício. A Eszter me conhecia; ela sabia que eu não era um militante desses esclarecidos mas que eu odiava a União Soviética tanto quanto eu tinha odiado aqueles nazistas durante os anos 1930 e 1940 e que eu faria qualquer coisa para colaborar. Ela sabia que eu ia conseguir pelo menos alguma coisa, porque tinha vivido comigo e testemunhado tudo o que eu tinha arriscado durante os anos com os nazistas em Budapeste e, logo em seguida, com os próprios vermelhos. E não tinha sido pouco, não. Eu tinha arriscado a minha pele várias vezes, levando e trazendo informações perigosas, distribuindo comida para os judeus que conseguiram escapar. Você não sabe disso, mas eu cheguei a esconder um judeu na minha casa. A Eszter não acreditava, mas é claro que ela apoiava. Pois então, ela sabia que agora não ia ser diferente. E foi assim que eu comecei a receber telefonemas do Imre, que jamais quis se identificar completamente. Ele me falava de você, que você estava bem, ativa, participando da revolução, ajudando a distribuir mantimentos e até armas e que ele não podia dar muitas informações; que você era linda e saudável, que tinha se graduado em ciências naturais e que trabalhava como botânica. Tentei ajudar tanto ele como o grupo dele o máximo que eu pude, mas as comunicações estavam travadas, os correios estavam bloqueados e os transportes também. Eu queria enviar comida e ele dizia que não era necessário, que comida era o que havia de sobra, que os camponeses estavam entre os primeiros a apoiarem a revolta e que tinham vindo do interior com caminhões carregados de comida fresca. Isso tudo era inacreditável! Até o exército estava apoiando e — eu mal podia confiar nos meus ouvidos — ajudando a distribuir armas para o povo! Aquele bando de filhos da puta, aqueles cupinchas, distribuindo armas! Em algum lugar da minha alma desconfiada eu finalmente acreditava que aquilo tudo pudesse dar certo! Como eu queria estar por lá! Mas, no fim, a única porcaria que eu fiz mesmo foi passar algumas informações em código para grupos clandestinos dentro da Romênia, que, de algum jeito, repassavam para outros grupos no resto da Europa. Foi só isso que eu consegui fazer. Não sei; talvez não tenha sido tão pouco. Na Romênia as coisas não eram muito melhores não; talvez piores ainda. Mas, para mim, e eu tenho certeza de que para o Imre também, mesmo que ele não quisesse demonstrar, aquelas conversas eram importantes. A Eszter não queria falar comigo de jeito nenhum e o Imre me disse, pedindo segredo, que ela estava parecendo estranha; acho que a doença já tinha começado a aparecer nessa época. Sua mãe sempre viveu carregando pedras, engolindo sapos, aguentando mais do que ela podia e devia, você sabe. Numa hora como aquela, quando tudo explodiu em volta, quando começaram a acontecer todas as coisas com que a gente sempre tinha sonhado, ela acabou explodindo por dentro. É isso que eu acho. Essa é a minha teoria. Sei que não entendo nada de medicina nem de psicologia, mas quem pode saber, dentro da nossa alma, o que é biológico e o que vem da cabeça? Ela não deixava que eu nem sequer pensasse em falar com você e fez o Imre prometer não deixar que você soubesse de nada. Ela achava — e ele também — que você não ia suportar. Que, se você soubesse da minha existência e da minha proximidade, você faria o possível e o impossível para vir me encontrar ou então me levar para lá. E, olha, só de olhar para você agora, eu tenho certeza absoluta de que era isso mesmo que você faria, não é? Eles diziam que não era o momento certo para isso. Momento certo. Que história é essa de momento certo? O tempo certo para as coisas é quando elas acontecem e não quando a gente quer e do jeito que a gente decide. E aquilo estava ali, diante do nariz deles, eu tinha voltado e queria te ver. Mas eles não deixaram e isso, outra vez, eu não podia desrespeitar. Eles diziam que você já era sonhadora demais e que um choque como aquele podia prejudicar tanto a sua participação na revolução como, principalmente, a sua estrutura psíquica. Eu não entendia. Nunca entendi direito essa tal de "estrutura psíquica" e menos ainda por que todos queriam pensar nisso naquela hora, àquela altura dos acontecimentos, no meio de uma revolução que ia contra todas as "estruturas" imaginadas, que pedia que todas as forças e pessoas se unissem e não se separassem e quando, finalmente, o momento histórico permitia que a gente se reencontrasse. Mas, como sempre, eu baixei a cabeça e respeitei, desde o começo, desde que eu conheci a Eszter, respeitei a vontade dela que era como uma ordem, e também um direito dela de exigir de mim o que quisesse. Eu pensei em aparecer de surpresa, em furar aquele muro e aquela prisão que ela havia criado em torno de mim e de você, mas principalmente dela mesma. Aquela integridade absoluta e absurda, para mim, que nunca fui tão íntegro, era como uma algema que ela ficava exibindo daquele jeito discreto e calado, como um troféu do qual ela não podia nem nunca ia conseguir se libertar.

A moral e a nobreza do caráter eram o que ela possuía de mais precioso. Eu dizia que ela não podia decidir por você qual seria a sua vida, mas, como sempre, eu não fui bastante forte. Não participei da revolução — que fracassou — e nem da sua vida, Írisz. Írisz. Como é difícil para mim dizer esse nome. Í-r-i-s-z. Minha Írinka. Minha Írili. Sabia que fui eu que escolhi o seu nome? Porque você era a íris dos meus olhos e dos olhos da sua mãe; porque no nome Eszter tinha essas duas letras, o *s* e o *z*, e eu queria que você também tivesse essas letras no seu nome, essa coisa misteriosa que sua mãe também tinha. E esse nome, a gente pesquisou, era uma palavra que existia em muitas outras línguas, mas ao mesmo tempo era muito húngaro e era isso que nós queríamos: uma menina da Hungria e do mundo, como você acabou se tornando. Quem diria que você viria justamente para o Brasil, um lugar que eu sempre sonhei em conhecer. Me parecia o lugar mais distante do mundo, onde as pessoas eram livres, onde se jogava o melhor futebol do planeta, onde vivia o Pelé e onde os negros e os brancos se misturavam, o sol brilhava o ano inteiro e onde se dizia que era só trabalhar com vontade que a prosperidade viria. As pessoas, lá na Romênia, sempre diziam que o romeno soava um pouco como o português e eu até conheci uns portugueses e brasileiros em Bucareste. Eles me contaram que o *"cât costa?"* do romeno era igualzinho ao "quanto custa?" brasileiro e que a música da nossa fala era idêntica à do português que falavam no Brasil, inclusive o tchau, que lá é *ciao*. A gente brincava com isso e, no bar que eu frequentava, eu sempre dizia ao garçom: "Quanto custa?", em lugar de pedir a conta em romeno.

Minha vida, desde que eu saí de Budapeste, foi simplesmente normal, como eu mesmo sempre fui. Eu jamais quis mais do que isso. Trabalhei na construção de edifícios, que os russos construíam sem parar e ganhei meu pouco dinheirinho. Depois de alguns anos tentando trazer vocês para Bucareste e só recebendo o silêncio como resposta, eu concluí que aquilo não tinha volta. Eu sei que fui um grandessíssimo de um covarde e que não existem justificativas para o que eu fiz. O fato de eu ter escrito tantas cartas, de ter me disposto a receber vocês duas, mesmo que isso atrapalhasse os meus planos de liberdade e me obrigasse a trabalhar muito mais do que eu já estava trabalhando, não me absolve de nada. Eu podia ter voltado e insistido, até podia ter obrigado Eszter a me deixar te ver. Mas não foi isso que eu fiz. Como sempre, eu optei pelo caminho mais fácil e culpei a Eszter enquanto pude. Ela sempre tinha sido totalmente independente e não seria agora, depois do que eu tinha feito, que ela ia mudar e aceitar algum tipo de dependência. Eu sentia falta de você, mais do que tudo, mas não posso negar que nem mesmo essa falta enorme foi grande o suficiente para eu abandonar a vida pequena e confortável que eu tinha construído, com uma nova mulher e, depois de um tempo, também com um filho.

Eu te procurei em todos os jardins de Budapeste, no zoológico, nos laboratórios, perguntei para os vizinhos, visitei grupos clandestinos, conheci esconderijos, gráficas secretas, todo o submundo pós-revolucionário, fui ameaçado, perseguido, acusado e mesmo assim descobri muito pouca coisa. Diziam que você tinha morrido, fugido, que tinha abandonado a mãe e se infiltrado com os soviéticos e até que você era uma espiã traidora. Eu não te conhecia, mas eu sabia que isso não era verdade. Pelo pouco que eu conheci de você e principalmente pela educação que eu sabia que a Eszter tinha te dado, com aquela ética insuportável de tão íntegra, mas principalmente por causa das conversas com o Imre, eu tinha certeza de que você não era uma traidora. A Eszter nunca teria criado uma traidora; acho que ela preferiria ter te abandonado. Eu tinha certeza. Eu escrevi para ela todos os meses, durante todos esses anos. Nunca deixei de escrever. Eu pedia que ela viesse me encontrar, dizia que eu não tinha ficado rico mas que podia receber vocês e ajudar a te sustentar. Que ela te trouxesse, que eu queria pelo menos te conhecer. Ou então eu pedia que ela me deixasse ir até vocês, que eu voltaria mas que ela não precisava me aceitar de volta. Nada, Írisz. Nem uma única resposta, a não ser um cartão-postal de congratulações quando ela, não sei como, soube que eu tinha tido outro filho. Eu não tinha prometido nada, quando parti para a Romênia. Nunca fui daqueles companheiros exemplares, um pai ideal, um marido fiel. Eu fui para Bucareste com o consentimento dela; pelo menos era o que parecia. Ela nunca demonstrava muita emoção e aconteceu a mesma coisa quando eu falei sobre a possibilidade de trabalho em Bucareste e a minha vontade de partir. Ela só disse: "Vá". No dia seguinte, as minhas malas estavam feitas e tinha até um pacote de doces em cima delas. Eu disse que eu voltaria logo, ela me deu um beijo e eu fui.

Você tinha seis anos quando aparece essa chance de trabalho na Romênia: técnico de cálculo das centenas de novos edifícios que estavam sendo construídos em Bucareste. Eu não podia mais continuar desempregado em Budapeste, com todo aquele passado que não me permitia conseguir um emprego decente e aquele falso moralismo e a aristocracia decadente daquela cidade meio comunista, meio burguesa, meio intelectual, meio monarquista. Eu não era nada naquele lugar, com a minha formação precária, sem universidade, minha família provinciana de ideologia duvidosa, ou, na verdade, sem ideologia nenhuma. Nunca fui partidário de nada, apesar de sempre ser totalmente contra a presença da União Soviética na Hungria. Eu só gostava de viver brincando. Por isso eu fiz parte de bandas, trupes, viajando pelo interior e cantando nas feiras. Eu tinha uma bela voz e foi numa dessas feiras que eu conheci a sua mãe. Ela também adorava óperas e se aproximou de mim toda tímida enquanto eu cantava "Va pensiero": "*O mia pátria, sì bela e perduta! O membranza si cara e fatal! Arpa d'or dei fatidici vati, Perché muta dai salice pendi?*".* Ela ficava sussurrando aquela melodia baixinho, sem querer ser percebida, mas tímido era tudo o que eu não era. Eu reparei imediatamente naquela beleza estranha, no mistério daquela timidez toda refinada mas ao mesmo tempo ousada, uma dignidade orgulhosa — você sabe do que eu estou falando — e até uma certa fragilidade. Vi tudo no mesmo instante; eu já tinha experiência com mulheres e aquela mulher tinha que ser respeitada. E, além de tudo, conhecia óperas. Eu não podia perder aquela mulher. Eu fiz um convite para jantar e ela, para minha surpresa, aceitou na hora. Mas no jantar ela criticava tudo: o serviço do restaurante, as palavras que os garçons usavam, os preços e principalmente a comida. Ela reconhecia o cheiro e o sabor de cada tempero, a cor dos ingredientes e censurava até o jeito como a comida tinha sido colocada no prato. Eu não sei te dizer por quê, mas gostei daquilo tudo, da firmeza daquela mulher e, para minha surpresa, na hora da conta ela não me deixou pagar

---

* "Ó minha pátria, tão bela e perdida!/ Ó lembrança tão querida e fatal!/ Harpa de ouro dos fatídicos vates,/ Por que pendes muda dos salgueiros?"

tudo sozinho. Eu nunca tinha visto nada parecido! Uma feminista em plena década de 1920, em Budapeste! Mas uma feminista que não era exibida. Ela queria pagar a conta, mas não porque ela achava que esse era o papel das mulheres, simplesmente porque tinha dinheiro e porque nós não tínhamos assumido compromisso nenhum. E ela aceitou esse espírito de compromisso descompromissado, uma mistura nova de namoro e mistério, de uma forma que até eu ficava desorientado. Ela não fazia questão de satisfações, como todas as outras mulheres com quem eu tinha estado, não me enchia de perguntas, não ia atrás de mim nem demonstrava ciúmes. Eu não entendia, mas também não perguntava muito. Ela vinha de uma família bem tradicional, disso eu sabia. Era calada, mas cheia de certezas e com um humor muito refinado, parecido com o meu, só mais retraído e mais sarcástico. Ela adorava minha cara de pau, o jeito como eu entrava em todos os lugares gritando e cantando e eu adorava as tiradas inteligentes dela. Íamos ao cinema e à ópera, é claro. Assistimos *O garoto*, *Corrida do ouro*, *Tempos modernos*, *O homem das novidades*, *O enrascado*, *O ladrão de Bagdá*, *Diário de uma pecadora*. Eu era apaixonado pela Louise Brooks e sua mãe por Douglas Fairbanks. E no teatro da Andrássy, nos lugares mais baratos, que, mesmo assim, a gente comprava com dificuldade, vimos *Nabucco*, *Macbeth*, *Rigoletto*, *Trovatore*, praticamente toda a programação de Verdi, que nós dois adorávamos e sabíamos quase de cor. Até competíamos para ver quem se lembrava melhor das árias e quem conseguia traduzir melhor do italiano para o húngaro, antes de ver a tradução no livrinho. Comíamos doce de castanha com chantilly e íamos dançar nos cafés, onde só tínhamos dinheiro para pagar um café para cada um. Passei a frequentar a casa dela e pedi permissão de namoro aos pais dela. É claro que eles proibiram, o que nós dois já sabíamos que aconteceria. Mas ela não se importava com isso. Continuou me encontrando e eu fui me apaixonando sem saber se era correspondido. Acabei ficando perdido, desesperado mesmo, precisava de declarações, juras, tudo o que as mulheres até então tinham me implorado. Ela cedia aos poucos, mas nunca perdia aquela aura invisível de superioridade. Será que eu era suficientemente bom para ela? Será que minha origem tão simples e o futuro que eu não podia oferecer acabariam afastando sua mãe de mim?

Ela me disse que estava grávida sem me preparar nem fazer escândalo nenhum, como era o estilo dela. Só disse assim: "Estou grávida e vou ter esse filho. Se você quiser, fique. Se não, vá. Mas, se você for, nunca mais apareça e, se você ficar, vamos formar uma família". Foi assim, como uma ordem, e tudo o que restou a mim foi obedecer. Porque era ela, porque eu a amava e porque ela estava grávida e isso mudava tudo, todo o meu discurso contra a burguesia e a família, toda a minha inconsequência e meu jeito de dândi fajuto.

A gente foi se virando. Ela cozinhava como ninguém, disso você sabe melhor do que eu, e começou a vender doces para os vizinhos, para os amigos, eles foram espalhando a novidade e, pouco a pouco, ela foi ficando conhecida no bairro e nas redondezas. Vinham alguns pedidos para festas, casamentos e batizados. Eu tinha feito um curso técnico de calculista e arranjava bicos em obras, além de dividir com um vendedor do mercado o lucro diário de um jogo clandestino. Era muito pouco, mas às vezes entrava um pouco mais e conseguimos alugar uma casinha, essa onde você nasceu.

Você era linda e nós éramos um casal improvável. Sem a ajuda dos pais dela — só algumas visitas secretas da mãe, que vinha de vez em quando oferecer alguma coisa, que ela recusava — a gente formava uma família esquisita. Um boêmio quase ignorante, uma feminista cozinheira, amigos intelectuais e caixeiros-viajantes, artistas de rua, vendedores do mercado, cantores de ópera e atores, que se dividiam entre apoiar e não apoiar a União Soviética, com brigas homéricas que duravam a noite inteira, nossa casa acabou se transformando numa zona franca de Peste e você era a mascote de todos. Eu te ensinava os barulhos dos bichos, piadas, provérbios, contava casos estapafúrdios e cheios de obscenidades, você passeava por todos os colos sem nunca reclamar de nada, comendo de tudo e rindo, e a Eszter, mesmo daquele jeito sério e mal-humorado, cuidava de tudo e de todos e deixava que fosse assim.

Foi só em Füvészkert, depois de mais de um mês procurando por você todos os dias, que eu acabei conseguindo uma informação mais precisa. Uma amiga de Rozsa, que me fez jurar sigilo absoluto, me falou do Jardim Botânico de São Paulo. Disse que Rozsa tinha conseguido o convite para você vir para cá. Só. Ela disse que não falaria mais nada. Não sabia o seu endereço, se o arranjo tinha dado certo, e não ia dizer uma única palavra sobre a tal da Rozsa.

E então eu fiz a coisa mais óbvia possível e até estranhei que tenha sido tudo tão fácil. Escrevi para o consulado da Hungria no Brasil pedindo o endereço ou qualquer informação sobre Írisz Halász, uma húngara botânica que estaria trabalhando com orquídeas no Jardim Botânico de São Paulo e que provavelmente teria vindo para cá por volta de 1957. É claro que, a essa altura, eu sabia que a Eszter jamais teria mantido o meu sobrenome, Varga. Ela teria removido montanhas para te dar o sobrenome dela, mesmo que na escola todos já te chamassem de Varga Írisz. Isso não tinha a menor importância para ela, mas sim que você soubesse, mesmo que isso te custasse a tal da "estrutura psíquica", que você não tinha mais pai. Que aquele pai com quem você tinha se habituado, que te contava histórias, que fazia palhaçadas, com quem você cantava todas as noites e que ia te buscar na escola fantasiado de macaco, aquele pai tinha desaparecido. Que era assim com os pais. Alguns sumiam e não existia um porquê. Se você quisesse chorar, que chorasse. A vida aprontava essas coisas e o passado tinha acabado. Agora eram só vocês duas, você ia ganhar outro nome, os seus colegas de escola que fossem instruídos pelas professoras e que não mencionassem mais nem sequer o nome daquele fantasma. Tenho certeza de que foi assim, não foi?

Foi só isso, minha Írinka. Eu consegui o seu endereço de um jeito muito mais simples do que eu podia imaginar, escrevi e vim. Já não sou mais casado, meu filho já é um rapaz e não depende mais de mim. Fiz o que eu deveria ter feito antes mas não quis ou não pude, isso agora não interessa. O fracasso da revolução desestruturou tudo o que eu tinha construído para mim mesmo, e isso era pior do que não poder te reencontrar e do que perder o contato com a Eszter. Um mundo de brincadeiras e árias de óperas desmoronou de repente como um dos castelos das cartas que eu adorava jogar. A vida que eu tinha mantido a duras penas, disfarçando para mim mesmo todas as culpas que eu dizia não ter, se desmanchou da noite para o dia, na manhã de 5 de novembro de 1956. Nesse dia eu telefonei para o Imre, mas ele não atendeu nunca mais.

Você pode pensar ou me perguntar o que adianta — para mim e para você — eu tomar a atitude que deveria ter tomado muito antes, agora que ninguém pode fazer mais nada. Por que eu ainda demorei mais de três anos, depois daquele dia, para ir até Budapeste, te procurar, saber notícias da Eszter? Você e ela poderiam ter morrido, se ferido e, se eu digo que tudo desmoronou naquele dia, por que eu não agi mais cedo? Mas isso interessa agora, Írisz? O que eu poderia fazer naquele momento era diferente do que eu poderia ter feito ao longo de todos esses anos? Eu teria muitas coisas a te dizer para me defender do que fiz, inclusive as informações que consegui de que você e ela estavam a salvo, mas não quero fazer isso agora. Quem sabe com o tempo eu possa te contar, ou você queira me ouvir.

Arrisquei tudo naquela carta. Fiz um pouco como Eszter faria. Terminei com um comando: espero você.

Por que você veio, Írisz? Por que você está dizendo que me perdoa? De certa forma, isso me faz sentir ainda mais culpado. Será que você é ainda mais nobre e orgulhosa do que Eszter ou você é como eu, fraca, alguém que se dobra com qualquer guinada da vida, abrindo mão do orgulho e da verdade? Você sabe o que é a verdade, Írisz, você, que trabalha com orquídeas? A verdade é um punhado de palavras, só isso. E as palavras, que deveriam ter pouca importância, que deveriam ser versáteis, elas não são; elas se fixam e grudam na pessoa, mais do que qualquer outra coisa. Mais do que os gestos, os fatos, os números ou os grandes acontecimentos. No fim das contas, a própria história se transforma em palavras.

Eu sentia que o Imre era parecido com ela e sonhava que, com você, ia ser diferente, como eu estou vendo que é. O Imre apenas se dignava a falar comigo e se dirigia a mim com rancor e uma certa agressividade. Ele fazia questão de me mostrar que falava comigo por obrigação e necessidade e que ele estava fazendo aquilo tudo por você e pela revolução; ele fazia questão de me jogar na cara que eu estava fora. Era um jogo do qual ele tinha o poder de me excluir; um jogo que ele precisava mostrar que vocês ganhariam.

Minha filha! Um pai desaparecido, a mãe doente, o namorado sumido, o país distante, a revolução fracassada. Sabe o que te resta agora, Írinka? A vida, e isso não é pouco. Você veio aqui me encontrar e isso deve querer dizer alguma coisa. A vida é o que está acontecendo a todo momento e agora, por menos que isso possa parecer, eu estou aqui. Você sabe disso, não sabe?

— Sei.

21

Santos, 28 de setembro de 1960

A *Kaempferia rotunda* também é chamada de canan-ga-do-japão, flor-da-ressurreição, ilangue-ilangue-da-terra ou lírio-misterioso. É da família *Zingiberaceae*, a mesma do gengibre, com o qual ela se assemelha. Pertence à categoria das bulbosas e tem flores e folhagem peculiares. Floresce à luz difusa ou à meia-sombra. É uma planta herbácea e rizo-matosa e seu rizoma, que preserva as substâncias, permite que ela entre em dormência no inverno, quando as folhas amarelecem e caem. As flores surgem na primavera, brotan-do diretamente do solo, para então aparecerem as primeiras folhas entouceiradas. Durante os meses de inverno, as flores e folhas desaparecem, o que faz pensar que se trata de uma orquídea, razão pela qual a *Kaempferia* é também conhecida como "falsa orquídea". Na realidade, ao longo desses meses, ela está apenas "adormecida", ou em estado de "hibernação". Na primavera seguinte, as flores e folhas ressurgirão, de onde a alcunha "flor-da-ressurreição".

O moço que me trouxe esta flor disse que ela havia acabado de nascer. Ela se parece muito com uma orquídea, mas é falsa. Na serra do Mar, onde a encontrei, ela é conhe-cida por dois nomes: *flor-da-ressurreição* e *ilangue-ilangue* e alguns também a conhecem como *cananga*, principalmente os descendentes de japoneses. *Ilangue-ilangue* significa, em malaio, "a flor das flores".

Ele me trouxe sem eu pedir, só porque perguntei sobre ela e preferiria que ele não a tivesse colhido. Não deveria me importar, ainda mais por se tratar de uma orquídea falsa, que não me serve para quase nada. Mas o gesto foi sincero e, além do mais, o fato de ela se parecer tanto com uma orquídea pode servir para alguma coisa. Afinal, se é tão difícil plantar orquídeas na Hungria, quem sabe as falsas sejam mais fáceis.

É primavera e as ruas de Santos estão cheias de ipês com flores cor-de-rosa, jacarandás-roxos com flores azuladas e sibipirunas com flores amarelas. Daqui do quarto consigo ver uma sibipiruna, enquanto olho para a *Kaempferia* branca e violeta. Fixo a flor contra o vidro para ver o contraste entre o violeta e o amarelo e me lembrar de novo, depois de tanto tempo, que estou no Brasil. O atrito entre essas cores me faz sentir o quanto este lugar é mesmo este lugar e, também, o quanto eu não sou e não posso ser daqui, porque, diferentemente dessas cores tão fortes e claras, eu sou opaca.

Pela primeira vez nesses quatro anos, escrevo sobre orquídeas sem ser para um relatório ou sem me dirigir a Martim. Não me dirijo a ninguém e, por isso, não preciso mais disfarçar nada com metáforas ou brincadeiras.

Olhando para esta flor que encontrei com Ignác, enquanto caminhávamos pela serra do Mar, penso que caminhar pela floresta foi como voltar para um estado inicial, distante tanto do Brasil como de tudo o que tinha nos acontecido, a nós e à Hungria, a *anyu* e a Imre, à história e à própria realidade; uma floresta que, mesmo lembrando alguns bosques húngaros por causa da mata cerrada, não se parece com nenhum deles, pelo tipo de vegetação, pela quantidade e pela variedade dos verdes, pela dimensão das folhas, pela cor da terra e pelo número de insetos. Essa floresta nos deixou num estado de silêncio ativo, sabendo que nos comunicávamos sem precisar dizer nada, porque a floresta pedia de nós uma condição de alerta e de urgência; um lugar tão distante de tudo o que tínhamos vivido e que, por isso, nos reunia como nenhum outro lugar ou tempo, como se o que nos faltasse fosse um espaço fora do tempo e da geografia, um lugar que para nós, europeus exilados dentro da Europa, pertencia a um tempo também exilado na história, vindo de um mundo antes do mundo, antes de os deuses se tornarem deuses e de Deus ter dito o verbo definitivo, que transformaria tudo em palavra. Esta floresta, de onde foi retirada esta flor que é uma falsa orquídea, silenciou em mim alguma coisa, ao mesmo tempo que me disse o que precisava ser dito em silêncio.

O exílio, como as folhas e flores da orquídea falsa, é uma condição que apenas adormece. Ele não é como as orquídeas verdadeiras, cujas flores morrem para, depois do ciclo de um ano, renascerem. Ele não morre e renasce; apenas hiberna e, quando reaparece, é apenas o mesmo. O exílio não muda, não faz trocas com o ambiente, não aproveita nada da terra que o acolhe. Ele é eternamente outro e eternamente o mesmo.

Eu, como exilada, sempre quis pertencer ao Brasil e, por algum tempo, acreditei nisso. Durante esse tempo, o exílio dormia e eu esqueci de mim mesma, habitando um lugar com uma rotina, com hábitos e gestos iguais aos dos outros habitantes. Então eu ria, brincava, sofria com as mesmas coisas, dizia bobagens e dominava os códigos; falava gírias, adquiri um sotaque, gesticulei como se pertencesse às ruas de São Paulo. Acenava sempre com a mão, em qualquer situação: pedia que esperassem mostrando as palmas das mãos; mostrava que tudo estava ruim apontando o polegar para baixo, ou bom, apontando-o para cima; agitava as mãos para todos os lados quando alguma coisa estava confusa e mostrava as palmas para cima quando as coisas davam errado. Abraçava, dava tapinhas nas costas, mexia os ombros para mostrar que não me importava ou que não tinha entendido alguma coisa. Juntava os dedos de uma das mãos em forma de concha e os agitava no ar, perguntando: "Mas do que você está falando?". Mexia as mãos uma sobre a outra, repetidamente, para indicar que chegava, que eu não queria mais aquilo! Pedia a conta num bar ou num restaurante imitando o gesto rápido de anotar uma conta num papel. Ia à feira e reconhecia as frutas e as verduras, conversava com os feirantes e encomendava rabanetes para a semana seguinte. Às vezes, quando eu falava pouco, ninguém percebia que eu não era daqui, e me tratavam como se eu fosse. Nessas horas, eu respirava orgulhosa e aliviada. Podia até esquecer de onde eu tinha vindo, por que eu estava aqui e caminhar entre todos como se eu não fosse ninguém. Tudo o que eu sonhava era sumir na multidão de habitantes e ser um ninguém como eles; que não me percebessem, não me perguntassem nada, não quisessem me testar nem se sentissem curiosos com minha esquisitice e, principalmente, que não me rejeitassem, pois o exilado carrega a rejeição ainda antes de sofrê-la.

Os habitantes de qualquer lugar são os proprietários do hábito, aqueles que comandam os gestos e as palavras e são donos do território.

Aqui no Brasil, aprendi a diferença impossível entre "ser" e "estar" e quase entendi, porque nunca pude compreender esta sutileza, como o "ser" das coisas depende de sua condição temporária e territorial. "Ser" *é* "estar". É no "estado" que se definem os hábitos, que definem os habitantes, que, por sua vez, se identificam uns com os outros e com o lugar que habitam para se sentirem pertencentes. É isso que todos querem sentir, mesmo que se digam urbanos e cosmopolitas.

Como acreditei, durante esses quatro anos, que conseguiria me sentir parte daqui! Tudo me fez pensar que eu poderia pertencer ao Brasil. A começar por Martim, que me hospedou. Quem hospeda é o "senhor dos estranhos", uma espécie de deus do lado de dentro, que agrega os que vêm de fora. Na Hungria e em vários países bálticos, quase nada é tão sagrado quanto o dever de hospedar e de receber o estranho como alguém mais importante do que um membro da família. Ao hospedar bem, o dono da casa mostra que pertence a um grupo e, com isso, por mais que tenha se diminuído para receber o hóspede, afirma sua superioridade.

Mas Martim é ainda melhor, porque seu acolhimento nada tem a ver com tradição ou obrigação. É como se ele não fizesse esforço nenhum e por isso não me senti em dívida e nunca o considerei superior. Ele me recebeu porque quis, foi assim que sempre me senti. Se dependesse dele, eu teria tudo para me sentir como uma brasileira. E quantas vezes não foi assim mesmo que me senti, quando contávamos piadas um para o outro, quando eu conseguia fazer contas em português, ir ao banco, à mercearia, conversar com os funcionários do prédio e do Jardim e falar sobre amenidades.

Nem sei se cheguei a criar, na Hungria, algum laço de amizade tão forte como esse que tenho com Martim aqui no Brasil e sei que um amigo, um único que seja, é o suficiente para que alguém sinta que pode pertencer a um lugar.

E o fato é que, além dele, eu ainda tive outros motivos para acreditar que poderia caber no Brasil ou fazer o Brasil caber em mim.

Me apaixonei pela língua das proparoxítonas acentuadas, dos ditongos crescentes, dos acentos sem sentido, das duzentas e doze grafias diferentes para o som do *s*, do pretérito mais-que-perfeito, das palavras abreviadas, das pessoas nas ruas falando em voz alta, gritando bordões e inventando flertes. Me apaixonei pelos vendedores de água, de leite, de verduras, de ferro-velho, de roupas, de doces, pelas brincadeiras dos donos das barracas do Mercado Municipal, tão parecidas com as do mercado de Budapeste e onde eu aprendi a comprar peixe, papoula, pimentas e temperos brasileiros.

Sem falar da comida, tão diferente da de lá: o arroz com feijão, a alface, o agrião, as vagens, a escarola, o manjericão, o alecrim, os tomates, a mandioca, a mandioquinha, o coco, a canela, o cravo, os queijos e, a melhor parte, o caju e a castanha. E tudo isso, a língua e as comidas, nessa cidade impossível que chega a ser bonita de tão feia e por isso me lembra Budapeste, que é talvez o contrário, uma cidade que chega a ser feia de tão bonita. São Paulo é como uma cidade errada que por acaso deu certo e é como se, todos os dias, as pessoas precisassem se certificar disso, confirmando, com cada ônibus que pegam, cada repartição onde vão carimbar um documento, que precisam estar muito atentas, caso contrário a estrutura frágil pode desmoronar. A mesma mistura de sujeira e limpeza, modernidade e tradição, pobreza e riqueza, povos e cores que certamente existe em muitas outras grandes cidades, aqui é diferente. É como se aqui a sujeira penetrasse a limpeza; a pobreza, a riqueza; a tradição, a modernidade e vice-versa.

É claro que eu só poderia me apaixonar por isso.

Conheci o Bom Retiro, o Brás, a rua Vinte e Cinco de Março, a Bela Vista, a Vila Zelina, o Brooklin, o Cambuci, o Pari, a Liberdade, bairros de imigrantes como eu, quase todos fugidos de guerras ou desastres políticos. Eu era como todos eles, cada um com uma história impressionante, provavelmente mais do que a minha. E eu sei que todas as histórias são únicas, mas, em compensação, todas elas são só mais uma e isso é um alívio, porque cada sobrevivente se sente perseguido pela sua memória e quer perdê-la no meio de outras iguais.

Trabalhar no Jardim Botânico e aprender um pouco sobre as orquídeas foi talvez o que mais me trouxe, sem muito esforço, para o fundo do Brasil, ou o que eu achava que isto fosse. É como se eu estivesse conhecendo o país e a cidade a partir de dentro, do seu começo, como se as orquídeas me autorizassem a dominar a língua, a falar com as pessoas de igual para igual. Eu conheci uma parte da cidade que muito poucos conheciam e podia cuidar daquilo para eles. Quando um estrangeiro, além de absorver as coisas da cidade, também pode colaborar com ela, daí sim ele pode dizer que faz parte dela. Aquele Jardim, com as mesmas vitórias-régias que eu via em Budapeste e que eu sabia terem vindo daqui, me propunha diariamente um chão mais firme, onde eu pensava que ia querer me enraizar.

Acontece que o exílio se adapta mas não deixa que os exilados se tornem realmente habitantes e donos dos hábitos dos lugares para onde vão; eles vivem como eternos imitadores, um pouco palhaços, envergonhados e irônicos.

Eu, de alguma forma, sou ao mesmo tempo como as orquídeas falsas e como as verdadeiras.

Não posso renascer, porque agora, com Ignác aqui comigo, sinto como se a Hungria, o húngaro, a infância e o passado que eu não tive tivessem retornado não para me visitar, mas para me chamar de volta. E é como se minha sensação frágil de pertencimento abrisse espaço para um exílio que apenas dormia, e Ignác tivesse vindo acordá-lo, como um despertador. Sempre me atraso para os encontros que, depois, descubro que nem tinham sido marcados. Eram para outro dia e eu, na verdade, não me atrasei, mas cheguei muito adiantada. Agora um encontro caiu sobre a minha vida e acabou atrasando todos os outros, aqueles que eu achava que teria.

E, ao mesmo tempo, não posso nem quero criar raízes fixas, porque a vida não me deu esse direito. Mesmo na Hungria, o único lugar onde eu poderia me enraizar, isso me foi tirado. Seria ridículo culpar *anyu*, Imre, a União Soviética ou Ignác por isso e, na verdade, acho que jamais quis mesmo ter raízes em nada. Sempre achei as orquídeas melhores do que as outras flores, por causa das raízes aéreas que permitem que elas se espalhem, que aproveitem dos outros o que eles têm de melhor e que possam crescer sem se fixar. O que se fixa não suporta a novidade e fica grudado em repetições. E isso vale tanto para os mais velhos como para os mais jovens, que também se apegam a ideias ou a palavras como se fossem lugares. As raízes são traiçoeiras — ia dizer o nome Martim, esqueci que não estou escrevendo para ele. As raízes buscam hospedeiros, querem atravessar fundo o chão de qualquer lugar para ali se estabelecerem e, quando você menos espera, formou-se uma raiz sob os seus pés. Foi assim com Imre, que agora se transformou ele mesmo em raiz, mas não quero nem posso mais falar sobre isso.

Uma orquídea falsa, ilangue-ilangue, é a flor das flores. A orquídea verdadeira também é.

Eu não.

22

Tudo está do lado de fora, numa memória que habita as ruas, as casas, os calçamentos, as estradas, o ar, as árvores, os insetos, o lixo, as portas, as janelas, os bares e as comidas. Olhando, cheirando ou escutando bem, pode-se ouvir com razoável nitidez o murmúrio dos dias que passaram e que ainda estão passando. Pois o tempo é essa repetição escoando no espaço, entrando em renovação, mas também em desgaste e desuso. Alguém disse que na natureza nada se perde, nada se cria e tudo se transforma. Mas isso é também uma mentira. O que se transforma, antes morreu e perdeu-se. O que era não é mais, nem será o que está sendo. Ouvem-se os restos dos dias, mas muito não se pode mais ouvir, porque se desfez na fumaça do tempo.

Já a memória do lado de dentro, a que pensa e fala, diz tão pouco e deixa de dizer ainda mais; a memória das gentes é uma caixa de esquecimento que deixa escapar alguns descuidos, que soam como lembranças. Mas não são. São só um consolo que o esquecimento nos deixa, como costumam dizer nas cerimônias festivas: uma lembrancinha. Um saquinho de papel crepom bufante, amarrado por um barbante com uma língua de sogra, um pirulito, confete e dois carrinhos de plástico.

Do lado de dentro as coisas são tão pequenas, mas quem mora lá pensa que elas são grandes, intermináveis. Já do lado de fora, a luz se desloca numa velocidade inapreensível e, conforme passa, vai modificando os espaços e fazendo o tempo passar, enquanto mancha, oxida, enruga, seca, evapora, umedece, murcha, brota, sua, traga, arrasta, agita, dilata, encolhe, desloca, empurra, puxa, entorta, traciona, pesa, aligeira, apressa, atrasa, adianta, estoura, explode, implode, levanta, abaixa, mata, amassa, dobra, cai, tropeça, ergue, corta, rasga, brilha, apaga, acende, marca, chove, neva, venta, amacia, asperge, amacia.

Do lado de dentro os movimentos são tão sutis e a mesma luz que corre lá fora, aqui dentro só faz lembrar, esquecer, lembrar, esquecer, lembrar, esquecer. Nos intervalos da lembrança e do esquecimento, ainda pipocam coisas a que as pessoas deram nomes como *alegria*, *saudade*, *tristeza*, *angústia* e todos os seus derivados, incluindo o *amor*, um movimento atrapalhado que embaralha os outros e que faz se confundirem o que se lembra e o que se esquece. Mas o amor, como todos, também passa, porque a luz do lado de fora é sempre mais forte e não cessa nunca de se deslocar naquela velocidade idêntica, agindo sobre todas as coisas.

As coisas. Tão solitárias e possíveis.

Agradecimentos

Este livro não teria sido possível sem a colaboração de Alinka Lépine-Szily, que generosamente me contou sua história de sobrevivência durante a Revolução Húngara e depois dela, e em quem muitos dos eventos vividos pela protagonista foram inspirados; de Chico Moreira Guedes, que fez várias indicações sobre a língua e a literatura húngaras; de Armênio Guedes (1918-2015), que me recebeu em sua casa e contou histórias do comunismo no Brasil e de sua própria participação nele; de Ananda Apple, que me recebeu num orquidário e me explicou as características de dezenas de orquídeas.

Agradeço também a David Jaffe Cartum, que me ajudou a redefinir alguns personagens. A João Bandeira e Leda Cartum, que me ouviram e aconselharam. A Vivian Altman e Bertrand Eberhard, que me acolheram em sua casa como se ela fosse minha. A Heloisa Jahn, que me estimulou e também me hospedou. A Marcia Daskal, que gentilmente me emprestou sua sala. A Edith Elek e Miriam Steinbaum, que me emprestaram livros importantes para a pesquisa. A Joselia Aguiar, pelas informações sobre os arquivos de Jorge Amado. A Paulo Schiller, pela prontidão e eficiência nas traduções e revisões do húngaro. A Mauricio Santana Dias, que, gentilmente, traduziu os trechos do italiano. A Sofia Mariutti, pela edição e pela amizade. A Rita Mattar, pela leitura e pelos conselhos. A Márcia Copola, pela competência de sempre na preparação dos originais. A Luciana Villas-Boas, pelo encorajamento e confiança.

1ª EDIÇÃO [2015] 1 reimpressão

ESTA OBRA FOI COMPOSTA EM MERIDIEN POR OSMANE GARCIA FILHO
E IMPRESSA EM OFSETE PELA GRÁFICA PAYM SOBRE PAPEL PÓLEN SOFT
DA SUZANO S.A. PARA A EDITORA SCHWARCZ EM JANEIRO DE 2022

A marca FSC® é a garantia de que a madeira utilizada na fabricação do papel deste livro provém de florestas que foram gerenciadas de maneira ambientalmente correta, socialmente justa e economicamente viável, além de outras fontes de origem controlada.